外国古代
文学名著欣赏

舒静庐 编著

本书满足天下青少年扩大知识视野的学习需求，从国外古代文学作品中精心选取了影响力较大、适合青少年阅读赏析的小说名作和诗歌名篇。

通过人物介绍、背景交代、内容解读和精彩评析，使青少年读者对外国古代文学有了概要的了解。

APGTIME 时代出版
时代出版传媒股份有限公司
安徽文艺出版社

图书在版编目（CIP）数据

外国古代文学名著欣赏/舒静庐编著．—合肥：安徽文艺出版社，2013.7

（时代馆书系·青少年课外必读书丛书）

ISBN 978－7－5396－4461－5

Ⅰ．①外… Ⅱ．①舒… Ⅲ．①外国文学－古典文学－文学欣赏 Ⅳ．①I106

中国版本图书馆 CIP 数据核字（2013）第 069086 号

出 版 人：朱寒冬　　**出版统筹**：韦　亚

责任编辑：欧子布　　**装帧设计**：嫁衣工舍　闻　艺

出版发行：时代出版传媒股份有限公司　www.press－mart.com

安徽文艺出版社　www.awpub.com

地　　址：合肥市翡翠路 1118 号　　**邮政编码**：230071

营 销 部：（0551）63533889

印　　制：河北省三河市杨庄双菱印装厂　　**电　　话**：（0316）3650395

开　　本：700×1000　1/16　**印张**：10.25　**字数**：142 千字

版　　次：2013 年 7 月第 1 版　2013 年 7 月第 1 次印刷

定　　价：18.00 元

（如发现印装质量问题，影响阅读，请与出版社联系调换）

目录 CONTENTS

一、外国古典小说名著欣赏

二、外国古典诗歌名著欣赏

三、外国古典戏剧名作欣赏

一、外国古典小说名著欣赏

文明的产生与发展，来自全人类的智慧贡献。世界各国的古典文学，同样是属于人类社会共有的精神财富。由于东西方历史渊源、社会进化和文化传统的差异，各国古典小说的创作呈献出风格各异、各具特色的发展趋势。今天，读者所看到的包括法国的《巨人传》、日本的《源氏物语》、朝鲜的《九云梦》等经典名著，就以深刻的思想性和细腻的艺术性地表现了古代各国人民的生活现实。

1.《巨 人 传》

［法］弗朗索瓦·拉伯雷

▲ 书海导航

小说《巨人传》是法国长篇小说的开端，也是世界讽刺小说的经典之作。

中世纪的西欧，天主教会是封建制度的精神支柱，一切封建势力的总代表。教会以神为宇宙的中心，人只不过是神的奴仆。封建皇权和神权是“神授”的，但这种“神授”权力的执行者却是人。这样，社会就呈现出人骑在人的头上，“人吃人”的不公平状态。广大平民在统治阶级“神授”外衣的掩盖下，只能忍耐度日，以寄望于死亡之后的安宁，寄望于来生。

法国作家拉伯雷做过数年修士，与教会的上层人物有过非常密切的关系，因此，对教会的黑暗内幕他是有深刻认识的。教会以神的名义向人民颁布种种禁令，残酷欺诈和剥削人民，而他们自己却奢侈腐化，堕落不堪。他们“不让人民那样活着，而自己却那样活着”。这让同情下层民众的拉伯雷深感愤怒和痛心。他的小说《巨人传》在嬉笑怒骂中，把矛头尖锐地指向天主教会。

《巨人传》描写的德廉美修道院体现了作者的社会理想。在这个修道院里，人与人之间的关系不是尔虞我诈，而是相互信任。不论男女，都可随时进院修道，也可随时退出。他们不受任何教规的约束，“可以光明正大地结婚，人人都可以发财致富，自由自在地生活”。修道院只有一条院规：“做你所愿做的事。”这更鲜明地肯定了中世纪末期文艺复兴运动中资产阶级个性解放的要求。

◇ 作者档案

弗朗索瓦·拉伯雷，法国文艺复兴的代表作家。他大概于 1494 年前后出生于法国中部都兰省希农城。十几岁时，拉伯雷被送进教会学校接受死气沉沉的宗教教育，并于 1520 年前后成为圣方济各会一所修道院的修士。高墙深院的刻板乏味、清规戒律的种种约束与他活泼开朗的性格是格格不入的。后来他接受人文主义思想并深受其感染，热衷于古希腊和古罗马文化。从 1528 年起，拉伯雷以在俗修道士的身份，游历了法国中西部各大城市和大学，对社会有了更深的了解和认识。后来，拉伯雷数次跟随大主教出使罗马，游览文艺复兴运动的发祥地意大利，访问了许多名人和古迹，学习了宗教、哲学、数学、音乐、法律、考古、天文等许多知识，非常博学。

1530 年，拉伯雷进大学攻读医学并很快就获得了学士学位。他开始在里昂行医，是法国最早研究解剖学的医生之一。他不仅用医药减轻病人的痛苦，还写些故事供他们消遣，他的文学创作就是这样开始的。后来，他又到巴黎学医，并获得了博士学位。

拉伯雷一生只写了一部小说，那就是他的长篇巨著《巨人传》。

小说出版后，受到了城市资产阶级和社会下层人民的热烈欢迎，但却受到了教会和贵族的极端仇视，被法院一度列为禁书。

▲ 内容精要

《巨人传》共分为五部，叙述了卡冈都亚和他的儿子庞大固埃这父子两个巨人国王的故事。1532 年首先出版的《庞大固埃》是全书的第二部。1534 年出版的《卡冈都亚》是第一部。第三部出版于 1546 年，第四部在 1548 年发表了前 11 章，1552 年正式出版。第五部在拉伯雷去世后于 1564 年出版。

第一部名为《庞大固埃的父亲，巨人卡冈都亚骇人听闻的传记》，描写卡冈都亚的出生和接受教育，以及在若望修士的协助下打败侵略者的过程。他是母亲怀孕十一个月才从耳朵里生出来的巨人，胃口极大，在学习神学和烦琐哲学后变得越来越愚蠢。于是父亲让人文主义者波诺克拉特做他的老师，还把他送到巴黎去学习，使他学到了许多知识和技能。当邻国国王毕可肖入侵的时候，卡冈都亚闻讯回国，途中与若望修士结为朋友，他们对来犯者迎头痛击，卡冈都亚光是撒尿就淹死了大批敌人。获得胜利以后，卡冈都亚为若望修士建立了德廉美修道院，院规只有一条："做你所愿做的事。"

第二部名为《渴人国国王庞大固埃传，还其本来面目并附惊人英勇事迹》，写卡冈都亚在晚年所生的儿子庞大固埃，也是个力大无穷的巨人。他在各地游历后来到巴黎，收到父亲家书后发奋苦读。庞大固埃遇见了一个名叫巴奴日的人，和他结下了终生友谊，向他学到了包括欺骗在内的各种知识，并在他的帮助下征服了侵犯渴人国的迪普索德国，立下了赫赫战功。

第三部名为《善良的庞大固埃英勇言行录》，首次用医学博士弗朗索瓦·拉伯雷的名字发表，写庞大固埃从乌托邦向渴人国移民了将近 100 亿人，巴奴日到渴人国的萨尔米丹担任总督。他向庞大固埃请教是否应该结婚，并为解决婚姻问题访问了诗人、神学家、女巫和哲学家等各种人物，但他们的回答都模棱两可、似是而非。据说在神瓶上才有答案，于是他们决定率领船队出海去寻找神瓶。

第四部是第三部的续集，写庞大固埃在巴奴日和若望修士的陪同下，远渡重洋寻访神瓶的经历。途中巴奴日与一个羊商争吵，就买了他的头羊扔进海里，结果整个羊群都跟着下了海，连羊商也急得跳了下去。他们还到过无鼻岛、诉讼国、混沌岛、空虚岛、鬼祟岛、荒野岛、伪善岛、盗窃岛、钟鸣岛、骗人岛、愚人岛和皮桶岛等许多有着奇怪习俗的岛屿，有的岛上的人以扇子为食，有的岛上的人变成了鸟。特别是其中有个“判罪岛”，岛上的法官是一种穿皮袍的猫，它们全都贪得无厌、欺软怕硬，身上有一个专门接受贿赂的大口袋，所以庞大固埃将它们全都杀死了。

第五部继续写他们在途中的见闻，最后他们来到了灯笼国，在一座庙宇里看到一日喷酒的泉水。光明的“灯笼”为他们引路，使他们万分喜悦地到达了向往已久的海岛，岛上就有神瓶的谕示。巴奴日在一个小殿堂里终于看到了神瓶，并且听到了神瓶发出的一个字就是“喝”。所以他认为“不是笑，而是喝才是人类的本能。不过，我所说的不是简单的、单纯的喝，因为任何动物都会喝，我说的是喝爽口的美酒……酒能使人清醒……因为它有能力使人的灵魂充满真理、知识和学问。”

▲ 欣赏与评析

拉伯雷为了和教会一贯所宣扬的神的形象对立起来，以肯定人的价值、人的尊严和人的力量，在《巨人传》这部长篇巨著中塑造了卡冈都亚和庞大固埃两个巨人形象。卡冈都亚和庞大固埃是两个不同寻常的巨人，他们饭量惊人，力大无穷，智力超群，择善而从，既是体能上的巨人也是精神上的巨人。但他们是人而不是神，他们没有呼风唤雨、变幻莫测的能力，而是同常人一样思维、生活和行动。这样，拉伯雷笔下的巨人就带有了普遍的人性，是人类共有经验的抽象。他们先天具有的体质，只是用来说明人的价值、力量和尊严。

两位巨人有着鲜明的个性。卡冈都亚具有大胆的叛逆精神，他对教会很不恭敬，巴黎圣母院是教会权威的象征，卡冈都亚却把它的大钟从钟楼上取下来，作为马铃，使巴黎大学的神学家们惊慌失措，乱成一团。他认为教会是是非丛生之地，修道生活是违背自然的。他主张人们自由发展，不受宗教教条的束缚。庞大固埃具有冒险和创造精神，他勇于探索宇宙的秘密，寻求真理。其他人物的个性各不相同，巴汝奇聪明狡猾，非常乐观，用投机取巧的方式进行剥削，谋求个人利益，他代表了法国从封建社会过渡到资本主义社会时期所产生的一种人物类型。约翰修士勇敢，但有些粗鲁，且不失机智与善良。他们都具有一个共同特征，那就是都或深或浅地具有反叛精神，都积极地追求人生的享乐，就连约翰修士也从不禁欲，一个人能顶三四个人吃喝，不像一个"正正当当"的修士。在这里，拉伯雷以"个性解放"来反对教会的禁欲主义，肯定自由和人性。

《巨人传》对教会的辛辣嘲讽和无情抨击堪称入木三分。当敌人入侵修道院时，除了约翰修士敢于英勇抵抗外，其他的教士都吓得发抖，乱作一团。对封斋国、香肠国、教皇派、钟鸣岛的描写是以寓言的形式讽刺教会、教规、教皇特权以及他们的倒行逆施。执达吏靠挨打而生活着，如果有几个月不被打，那他们的妻子儿女就只有饿死。拉伯雷揭露反动的罗马教廷，说它是"对世界的威胁"。

《巨人传》在艺术上的最大特点是夸张、象征和讽刺手法的运用。卡冈都亚出生时要喝一万七千多头母牛的奶，他的衣服要用一万二千多尺布，他胖得有十八层下巴，他把巴黎圣母院的大钟摘下来当马铃玩，他的一泡尿淹死了两万六千多人。这些描写幽默而有趣。人物和事物不仅有象征意义，而且有讽刺意味。两个巨人国王象征文艺复兴精神，即人是自己的主人。约翰修士象征热爱行动，巴汝奇是狡猾的写照；而卡冈都亚的含义是大嗓门，巴汝奇的希腊文是狡黠或无所不能，至于封斋国、胖子国等一望而知包含着讽刺。拉伯雷认为"笑是人的本质"。他借鉴了中世纪的闹剧、小故事诗的传统，其中既有高雅的滑稽，也有粗俗的嘲笑，正如雨果所说："他的哄然大笑是精神的深渊之一"。

《巨人传》的语言也富于创造性，有时气势磅礴、热情充沛，有时庄严雄辩。

2.《堂吉诃德》

［西班牙］塞万提斯

▲ 书海导航

文艺复兴是从 14 世纪到 17 世纪初先在意大利发生、然后在欧洲其他许多国家相继发展起来的一次资产阶级的思想文化运动。

文艺复兴时期，西班牙小说发展的顶峰是塞万提斯的《堂吉诃德》。

塞万提斯在蒙冤下狱的窘迫境况下，开始了不朽的《堂吉诃德》的构思。作家用现实主义的大手笔，深刻揭示了社会矛盾，指出了封建贵族与教会同流合污，以及教会当局的欺骗性、腐朽性，因此作品受到封建贵族和反动教会的合力诋毁。而塞万提斯恰在 1587 年和 1588 年两次因秉公仗义、冒犯教会利益而被教会驱逐出教，更成了敌手攻击他的把柄，他们斥责《堂吉诃德》是一部“不体面”的作品，说塞万提斯更是一个疯子和怪人。

欧洲近代小说，真正着力刻画塑造人物典型的，可以说是从《堂吉诃德》开始。塞万提斯在猛烈抨击骑士小说的反现实主义倾向的同时，以现实主义创作方法塑造了堂吉诃德和桑丘·潘沙两个不朽的典型形象，终于完成了小说艺术上的改革。塞万提斯是欧洲近代现实主义小说的先驱，对欧洲各国的现实主义文学有深远的影响。

《堂吉诃德》是文艺复兴时期的现实主义杰作。西班牙人民把它视为民族的骄傲，世界人民把它看成是文学宝库中闪耀光芒的瑰宝。直到今天，《堂吉诃德》的辛辣的讽刺、巧妙的艺术构思、引人发笑的夸张以及它包含的深刻的哲理，仍吸引着世界各地的读者。

◇ 作者档案

米盖尔·台·塞万提斯（1547—1616），西班牙文艺复兴时期杰出的现实主义作家。他出生于西班牙一个没落贵族家庭，少年时期跟随父亲过着颠沛流离的生活。

塞万提斯曾多次因人诬陷而蒙冤入狱。他在贫困中挣扎，始终没有挣脱生活的沉重枷锁。1602 年，在狱中开始了《堂吉诃德》的写作。1615 年终于完成了这部巨著。1616 年，塞万提与世长辞。塞万提斯自 1577 年开始文学创作，写过哀歌、长诗、悲剧、喜剧、短篇小说、长篇小说。这些作品从不同角度深刻地反映了 16 世纪末西班牙王国走向衰落时期的社会现实，塑造了上至王公贵族下至流氓妓女的各阶层人物形象，暴露了封建制度的黑暗，宣扬了人文主义思想。塞万提斯也因此被誉为“现代小说之父”。

▲ 内容精要

在西班牙的台·村·曼住着一个 50 多岁的穷绅士，名叫堂吉诃德。他闲来无事，整天沉迷在骑士小说里，他认为书上所写的都是千真万确的。于是，他想入非非，要去做个骑士，到各处去行侠仗义，救苦济贫，消灭世上的一切暴行，将来功成业就，就可以名传千古。

他找出祖上传下的一套生锈发霉的古老盔甲，又牵出家中一匹瘦得皮包骨头的马，取名“驽难得”。他还给自己取名为堂吉诃德·台·拉·曼却，意思是拉·曼却地方鼎鼎有名的堂吉诃德骑士。他把自己偷偷地暗恋着的附近村子上的一个农村姑娘当做意中人，并给她取了一个有公主意味的名字。一切准备就绪，他骑上“驽难得”，戴上头盔，挎上盾牌，提起长枪离开了家门。

堂吉诃德游荡了一天，晚上来到一家客店，店主看他是个疯子，怕他胡来闹出乱子，就随他的意，在马房里为他举行授封仪式。店主用登记草料的账簿当《圣经》，口中念念有词，接着在堂吉诃德的颈窝上狠狠打了一掌，还用剑在他肩膀上使劲拍一下，最后叫两个妓女给堂吉诃德挂剑。

仪式完毕，堂吉诃德急不可耐地骑马离开了客店，在田野里经历了他的第一次冒险。

堂吉诃德的外甥女与女管家只恨骑士小说不好，害得他成了这个模样，就找来本村神父和理发师，把堂吉诃德书房里的骑士小说统统毁之一炬。

堂吉诃德找到街坊上一个贫苦农民桑丘·潘沙，游说桑丘当他的侍从，并许诺他征服一个海岛后，就让桑丘当海岛总督。桑丘终于抛下了老婆孩子，高高兴兴地答应充当堂吉诃德的侍从。

一天夜里，堂吉诃德带着侍从悄悄地离开村子，来到郊野，远远看见三四十架高高耸立的巨大风车。接着就横托着长枪，驰马向第一架风车冲杀上去。他一枪刺中了风车的翅膀。翅膀在风中转得正猛，把堂吉诃德连人带马抛到空中。堂吉诃德滚翻在地，长枪也断作了几截。事后，堂吉诃德始终不信他刺的是风车，硬说是魔法师与他作对，把巨人变成了风车，来剥夺他胜利的光荣。

主仆二人来到一家客店，客店一个女仆在黑暗中摸错了地方，到了堂吉诃德床前，堂吉诃德以为是一个垂青于他的公主，他抓住女仆，紧紧抱在怀里，而且絮絮叨叨地跟她说情话。女仆的情人醋意大发，大打出手。

一天，主仆二人正在大道上行走，前面忽然有两股尘土滚滚而来。昏了头的堂吉诃德不听仆人的阻拦，冲进羊群就举枪乱刺，好像真在刺杀他的宿世冤家一样。牧羊人喝他不住，就拿起石块，雨点般地向他打来，砸破了他的头皮，打掉了他几颗牙齿。

接着，主仆二人遇见了一队被押到海船上做苦工的犯人。他打倒了押送的士兵，解放了犯人，犯人们反而恩将仇报，把他们痛打一顿，夺走了主仆二人的衣物。

堂吉诃德和桑丘放走了犯人，怕官兵追捕，只得躲进了深山。桑丘遇到了神父和理发师，把堂吉诃德骗下山来，装进袋子，放在牛车上押回家去。

一天傍晚，主仆二人遇到一对外出打猎的公爵夫妇，公爵夫妇听说过堂吉诃德的事迹，他们正想找点新玩意来解闷，便把主仆二人迎到自己家里，想出种种花样拿他们开心。主仆二人离开公爵府，禁不住赞美起自由的可贵。

他们在巴塞罗那遇到了大学生加尔拉斯果装扮的“白月”骑士。堂吉诃德败北后，只得服从命令，从此停止游侠活动。

由于骑士小说的困扰，堂吉诃德很快忧郁成疾，卧床不起。弥留之际他立下遗嘱，将财产留给侄女，条件是侄女必须嫁给一个没有读过骑士小说的人。

▲ 欣赏与评析

塞万提斯所创作的《堂吉诃德》其艺术成就主要表现在以下几个方面：

第一，创造性地模拟荒诞的骑士小说。塞万提斯讽刺地模拟荒诞的骑士小说的手法，经过艺术的夸张和渲染，再现骑士小说的荒谬，收到了奇妙的喜剧效果。他从骑士的命名、受封仪式、决斗比武到向贵妇人献殷勤，都模仿得惟妙惟肖，从而使讽刺更为尖刻而辛辣。在骑士小说的结构框架中，引入了丰富的社会生活的内容，使之跳出了骑士小说的局限，而成为欧洲近代小说的开山之作。

第二，采用夸张、对比、反衬等多种手法塑造人物。作者将严肃与滑稽、悲剧与喜剧、庸俗与高尚等多种因素汇集于堂吉诃德一身，把这一形象塑造得格外复杂而生动。同时，他还使堂吉诃德和桑丘在对比中相辅相成，共同焕发出永恒的光彩。

第三，采用人民群众喜闻乐见的语言。它一扫骑士小说惯用的华而不实的绮丽文体，采用了西班牙人民能接受的口语形式。通过对民间的谚语俗语的加工和广泛运用，使得这部小说的语言具有了浓厚的民族风格。

当然，作为早期小说，它远不够完善。全书过于冗长，又不连贯，故事情节也往往有前后矛盾的地方，有些插入的小故事与情节的关系不大，破坏了作品的整体感等。但，瑕不掩瑜，《堂吉诃德》已愈来愈被历史证明是一部伟大的小说。

3.《十 日 谈》

［意］薄伽丘

▲ 书海导航

1348 年，意大利的佛罗伦萨发生了一场可怕的瘟疫。每天，甚至每小时，都有大批大批的尸体被运到城外。从 3 月到 7 月，病死的人达 10 万以上，昔日美丽繁华的佛罗伦萨城，变得坟场遍地，尸骨满野，惨不忍睹。这件事给当时意大利一位伟大作家薄伽丘以深刻影响。为了记下人类这场灾难，他以这场瘟疫为背景，写下了一部当时意大利最著名的短篇小说集《十日谈》。

《十日谈》的故事来源非常广泛，分别取材于意大利中世纪的《金驴记》，法国中世纪的寓言和传说、东方的民间故事、历史事件、宫廷里的传闻以致街头巷尾的闲谈，和当时发生在佛罗伦萨等地的真人真事等。但由于薄伽丘注进了人文主义的新思想和新观点，因此这些辛辣而幽默的小故事，竟然带出了一个轰天动地的人类文化史上未曾有过的大运动——文艺复兴。

《十日谈》将矛头公然直指神圣的教会，猛烈地抨击和无情地揭露了教会僧侣的种种丑行；作品对中世纪的禁欲主义也勇敢地提出了挑战，因此在《十日谈》全书中，可以说是处处闪耀着新兴资产阶级人文主义的光芒。1353 年该书出版后，立即风靡西欧各国。不仅在当时，而且对后来的文艺复兴乃至 18 世纪的启蒙运动都产生了深远而巨大的影响。其作者也因此被公认为是人文主义的先驱，文艺复兴运动最早的代表人物。凡此种种，都使这部著作在西方乃至世界文学史上占有极为重要的地位。

◇ 作者档案

意大利作家薄伽丘（1313—1375），14 世纪著名的人文主义者和意大利文艺复兴运动的先驱。据说他是佛罗伦萨一位商人的私生子，因此从小就在商人和小市民的圈子中长大，对市民阶层具有很深的思想感情。他喜爱文艺，多才多艺，是第一个通晓希腊文的意大利人文主义者。他留传下来的作品有传奇、史诗、叙事诗、十四行诗、短篇故事集、论文等。其中传奇《菲洛柯洛》、《亚梅托的女神们》、《菲娅美达的哀歌》，长诗《苔塞伊达》、《菲洛斯特拉托》、《爱情的幻影》、《菲埃索勒的女神》等，显示了中世纪传统观念和骑士文学的痕迹，但充满对人世生活的热爱和对幸福的追求，谴责禁欲主义，对人物充满激情的心理状态的刻画也比较成功。薄伽丘最出色的作品是故事集《十日谈》（1349—1353），晚年还著有传奇《大鸦》和学术著作《但丁传》等。

▲ 内容精要

7 个美丽年轻而富有教养的小姐和 3 个英俊而富有热烈激情的青年男子结伴到郊外的一座小山上的别墅里去躲避瘟疫，他们在这十天的避难时间中商定每人每天必须讲一个优秀动听的故事，以此来愉快地度过一天中最难熬的时光。

这一百个故事各自成篇，故事与故事之间没有一定的逻辑关联。这些故事主要包括以下四类：

第一类是对当时思想界占统治地位的天主教会的讽刺和揭露的故事。《十日谈》开头接连几个故事都是对当时炙手可热的天主教会的讽刺和揭露，例如第一天故事第二的“杨诺劝教”故事，讲述基督教徒杨诺劝说一个犹太商人抛弃犹太教，改信正宗的基督教，结果却使这个犹太商人彻底看穿了罗马教廷的寡廉鲜耻和藏垢纳污。这篇故事带有提纲挈领的意义，《十日谈》中接下来的许多批判性的故事都是对这一故事的丰富和补充。例如第二天故事第一的“瘸子求医”故事主要批判封建教会的蒙昧主义，第六天故事第十和第三天故事第八这两个故事则批判修道士的欺骗和荒淫无耻等等。

第二类主要描写反对禁欲主义的故事，大力提倡个性解放。《十日谈》中有一组“修道院里的故事”着重揭露“修道院的内幕”，其中第九天故事第二写女修道院院长和自己的情人幽会却道貌岸然地批评犯奸的小修女的可笑故事，而第三天故事第一的“哑巴的故事”则干脆揭露全体修女都犯了色戒。这些对以禁欲主义为核心思想的天主教教义进行了沉重打击。而第三天故事第十和第六天故事第六等故事则从另一方面描写了人性的解放。

第三类是对妇女的同情与尊重的一系列故事。作者在序言中就声明这部作品是为妇女而写作、是献给“整天守在闺房的小天地内”的妇女的，因此里面有许多故事都是赞扬妇女的善良、深情、机智。例如“绮思梦达殉情记”、“洗冤记”（第二天故事第九）、“母鸡宴”（第一天故事第五）等都是这类故事中的精品。

第四类是一些有关幽默和笑声的故事。例如第六天的一组故事，一般篇幅短小，有的只是一些生活片段的描写，其中充满了现实生活中的幽默。

▲ 欣赏与评析

《十日谈》开创了西欧短篇小说的先河，是欧洲文学史上第一部现实主义杰作，其框架结构和故事格局对后来的很多作家作品都具有非常重要的影响。乔叟、莎士比亚、拉封丹、莫里哀等人都曾从这部作品中受益或直接取材于这部伟大作品中的部分素材。《十日谈》文笔精练，语言丰富，善于刻画人物心理，描绘自然，也奠定了意大利散文创作的基础。

当然，像任何历史上的优秀作品一样，《十日谈》自然也不免打上了时代的烙印，有它的局限性。在薄伽丘身上，他对于封建势力和思想的斗争，既有战斗的一面，也有妥协的一面和落后的一面。例如书中也存在着一些封建说教气味很浓厚的东西和一些赤裸裸的情欲描写；作者极力宣扬的某些谦卑柔从的“美德”和男尊女卑等落后思想也还存在批判的必要。但在当时而言，其达到的思想高度是很难让人企及的。所以虽然该书从一出版开始就不断遭到封建教廷的憎恨和焚毁，但它的光芒却一直照耀着人类思想解放的这一条道路。

4.《坎特伯雷故事集》

［英］乔叟

▲ 书海导航

英国诗人乔叟的诗体小说讲述了那个时代的男男女女一个又一个爱情故事，场景热闹，活色生香，完全是当时的一幅世俗生活图。作品以一群从伦敦去坎特伯雷朝圣的香客，在路上为了解闷而轮流讲故事的方式，写了28个短篇故事。作品前有总序，有声有色地介绍了众香客的社会地位、外貌特征和他们的举止、个性。通过对骑士、侍从、地主、自耕农、贫农、僧侣、尼姑、商人、海员、大学生、手工业者等人物的描绘和刻画，真实地展示了14世纪英国社会的真实面貌。《坎特伯雷故事集》叙述和揭露了貌似神圣的僧侣种种见不得人的丑行，肯定和歌颂了爱情自由、婚姻幸福，不仅宣传了人文主义思想，而且也充分显示了作者对教会的痛恨与反应。书中尽是天南海北的闲聊，极具庶民性，也与当时城市的真实气氛很谐调，充满了世俗的热闹气氛。

乔叟从1386年开始写这本故事集，到1400年去世时只完成了原计划的四分之一。乔叟在这最后15年里从事《坎特伯雷故事集》的创作。《坎特伯雷故事集》中包括了传奇（其中有爱情、魔术、骑士探险等故事）、虔诚和道德教育故事、喜剧以及滑稽故事、动物寓言。从这众多的故事类型中可以看出乔叟高超的写作才能，他熟悉中世纪欧洲文学所有的类型，能够运用每一种文学类型的技巧来写出优秀的作品。《坎特伯雷故事集》的艺术成就很高，远远超过了以前同时代的英国文学作品，是英国文学史上现实主义的第一部典范。作品将幽默和讽刺结合，喜剧色彩浓厚，其中大多数故事用双韵诗体写成，对后来的英国文学产生了影响。人物形象鲜明，语言生动活泼。乔叟用富有生命力的伦敦方言进行创作，也为英国文学语言奠定了基础。他首创的英雄双韵体为以后的英国诗人所广泛采用，因而乔叟被誉为“英国诗歌之父”。

◇ 作者档案

乔叟（约1343—1400），英国著名作家和杰出的诗人，英国现实主义文学的开山鼻祖。十几岁起进入宫廷当差。1359年随爱德华三世的部队远征法国，被法军俘虏，不久赎回。乔叟与宫廷往来密切，当过廷臣、关税督察、肯特郡的治安法官、郡下议院议员。他曾因外交事务出使许多国家和地区，到过比利时、法国、意大利等国，有机会遇见薄伽丘与彼特拉克，这对他的文学创作产生了很大的影响。

1359年—1372年，乔叟主要翻译并仿效法国诗人的作品，创作了《悼公爵夫人》，用伦敦方言翻译了法国中世纪长篇叙事诗《玫瑰传奇》等。

1372年—1386年，诗人接触了资产阶级人文主义的进步思想。这一时期的创作如《百鸟会议》、《特罗伊勒斯和克莱西德》、《好女人的故事》，反映了作者面向生活现实的创作态度和人文主义观点。

1386年—1400年，乔叟试着用十音节双韵诗体进行创作，并取得了巨大的成功。名作《坎特伯雷故事集》正是用这种诗体写成的。乔叟在这最后15年里主要从事《坎特伯雷故事集》的创作。乔叟首创的十音节双韵体为以后的英国诗人所广泛采用，被誉“英国诗歌之父”。

▲ 内容精要

1387年4月中旬，在伦敦泰晤士河南岸一家小旅店里，有29个朝圣者偶然汇集在一起，他们都准备去离伦敦70英里外的坎特伯雷朝拜圣徒托马斯·阿·贝克特的圣祠。

晚饭后，旅店主人哈里·贝利建议香客们在去坎特伯雷城的来回路上各讲两个故事，他自告奋勇做向导，并担任裁判，看谁的故事讲得最好，可以白吃一餐好饭。文学家乔叟也加入了他们的行列。贝利聪明文雅、豪爽热情，建议大家轮流讲故事作为沿途的消遣。每人在去的路上讲两个，回来的路上讲两个，先后次序由抽签决定。这些故事有宫闱逸事、骑士传奇、教会圣徒传、劝善布道文、动物寓言、寓言叙事诗等。

29位朝圣者和旅店主人，以及诗人乔叟在内，香客们一共是31位，代表中世纪英国社会的各阶层。

骑士和他的儿子见习骑士代表贵族阶级和骑士精神，骑士是个充满荣誉感和具有高尚德行的人物，到过巴勒斯坦和俄罗斯。伴随他们的是一名自耕农身份的仆人，自耕农是诚实和热爱劳动的汉子。接着是一群教会人物，为首的是一位女修道院长，修女院长则对上流社会的迷恋比对宗教的虔诚更热烈。侍候她的人有一名尼姑和三名教士，这些修道教士贪吃、好色又爱财。其他的教会人物有一位和尚和一名托钵僧，化斋僧用一切手段从教徒身上攫取钱财。其他社会阶层的代表有一名衣帽商，威风凛凛的商人办事狡猾，谁也不知道他债务缠身。一个消瘦的学者，尊崇亚里士多德，他唯一的财产是20卷书。一个律师，熟知威廉征服者以来所有的法令和法案判例。一位医生博学多才，精于星象，能推测任何病痛的发展。经营织布生意而发了大财的巴斯城的妇女，代表了新女性，有过五个丈夫。另外各有一名木匠、一名纺织匠、一名染坊工人、一名制挂毯的工人等五位来自伦敦的手工业者，属于同一个名声赫赫的互助协会，都是好市民。他们还带着一名厨师，这人身手灵巧，不亚于饱经风浪的水手。一位牛津大学学生，在毕业后也将成为教会的僧侣，对未来的生活充满了天真的幻想，正在经受教会禁欲和俗世快乐的激烈斗争。一位拥有自己小磨坊的磨坊主，是个农村富农，满口脏话。一位粮食采购员，虽然极其粗俗，但心眼颇多，居然能从30位法学家那里占到便宜。一位田产经纪人，巧取豪夺的事情干的多了。一位地位低下的农村牧师，只有他是真正虔诚的教徒，任何事情都以身作则。另外还有教会法庭的差人、教会卖售赎罪券者，他们两个都是骗子，利用老百姓的愚昧骗钱等等。

于是这些朝圣者开始讲故事，由此展开了一幅幅朝气蓬勃、乐观欢愉的生活图画。下列的故事一般公认为是《坎特伯雷故事集》里最好的：

骑士讲的故事——关于派拉蒙和阿色提爱上艾米里亚的爱情悲剧故事。

卖赎罪券者讲的故事——关于死神降临贪财者身上的劝世寓言故事。

女修道院长的教士讲的故事——关于狡猾的狐狸和虚荣的公鸡的动物寓言故事。这是乔叟的杰作，他把一个陈旧的寓言故事转化成一出现实主义的喜剧，内容丰富多彩，语言生动活泼，雅俗共赏。

商人讲的故事——关于老夫少妻的家庭纠纷的故事。

自由农民讲的故事——关于忠诚爱情和慷慨行为的故事。

后来他们终于到了坎特伯雷，大清早参加到朝圣的行列，到那里做礼拜，献祭礼，并且买了一些纪念品。然后返回客栈，大吃大喝一通，各自回家。

▲ 欣赏与评析

《坎特伯雷故事集》是乔叟追求现实主义的艺术精品，在西方中世纪和文艺复兴时期的地位是独一无二的。

首先在故事的选取上，每一个故事都是一个单独的个体，都有其自身的独特之处；作为读者，我们可以根据自己的喜好随意挑选，随意翻阅，反正不会丧失故事的完整性。同时这些单独的故事又是一个有机的整体，它们共同体现了作者对现实主义的追求。

其次，作者在人物刻画方面给我们提供了一个很好的范例。小说成功地塑造了一系列人物形象，有帽商、木匠、纺织匠、染坊工人、制挂毯的工人、厨师、水手、医生；还有代表“新女性”的巴斯城的太太、僧侣阶层的底层人物——乡村牧师，乡村牧师的弟弟——一个农夫；磨坊主，粮食采购员，田产经营者，教会法庭的差人，教会经营销售赎罪券的人。

乔叟采用的是十音节双韵诗体，即后来垄断英国新古典时期诗坛的“英雄双韵体”，使得人物形象栩栩如生。如对巴斯城太太的描写：

她的圣歌唱得十分美好，抑扬顿挫在她的鼻中旋转；
而她的法语说得非常悦耳，悉依直直弯弯的音符诵念，
因为巴黎的法语对她陌生，据说她用餐时全神贯注；
她既不让一点东西掉出口外，更不许酱油沾湿她的手指。

又如对牛津大学学生的刻画：

在外还有一个牛大的学子，很久以前就已通情达理。
他的马儿瘦瘦，犹如火炬。而他也不胖，据我估计量……

第三，作者善用幽默和讽刺。他认为“真诚是人所能够保持的最高尚的东西”。乔叟热爱生活，热爱人，有着丰富的人性和幽默，能够更为尖锐又宽泛地洞察人性的弱点。他虽然也善于嘲笑和讽刺人们的缺点和错误，但他对所有的人和事都抱着同情和宽容的态度。乔叟是一位严肃的诗人，也有着无与伦比的说故事的天才。一方面给读者提供极大的乐趣，另一方面仍对读者进行教育，希望读者成为更理智、更善良的人。他不直接对读者进行说教，而是寓教导于娱乐之中，用幽默和讽刺来替代鞭挞和谴责。他的作品语言生动，在人物刻画上既注意人物的外貌特征，又注意深刻细腻地展示人物

的内心世界。

第四，作者能够敏锐洞察和细心把握生活。故事集里的故事大都取材于人们的现实生活，或者是对真实生活的文学抽象。而作者在“讲故事”时，也不是只局限于一种表现手法，而是根据不同的“故事”，选用不同的文学手法。

最后，乔叟把属于中古英语的东中部方言（伦敦方言）提高成为英国的文学语言，他还继承和吸收法国诗人和意大利诗人的诗歌技巧，并且运用这些技巧来丰富和提高英国诗歌的表达能力。在英国文学史上，他是第一个使用十音节“双韵体”的诗人，这个诗体后来在他首创下，演化成了“英雄双韵体”，《坎特伯雷故事集》中的不少故事就是用这种诗体写成的。

5.《变 形 记》

［罗马］阿普列尤斯

▲ 书海导航

公元2世纪时，罗马文学出现衰退的迹象，地方藩镇势力日益强大，文化重心东移，希腊文学开始复兴，许多拉丁语作家也用希腊文写作，拉丁语文学退居第二位，并且出现尚古的倾向，古罗马作家如恩尼乌斯、老卡托等比西塞罗、维吉尔受到更大的推崇。这一时期，拉丁语文学的重心也由罗马移向西部行省，其中以同希腊化国家有直接接触的北非的作用最为显著。代表作家为生于马道拉（今阿尔及利亚）的阿普列尤斯，他的《变形记》（又名《金驴记》）是保留至今的唯一完整的散文体罗马小说。

◇ 作者档案

《变形记》的作者阿普列尤斯（约125—180）是古罗马第一位小说家。他出身于北非的马道拉（今阿尔及利亚）地区一个官宦家庭，他的父亲曾担任过执政官，家境富裕。他最初在迦太基求学，后赴雅典深造，主要学习修辞学和哲学。阿普列尤斯终生为民，从未步入仕途。他曾到希腊各地游历，并到过埃及，考察风土人情。当时流行于各地的各种魔法、占卜、宗教秘仪和民俗都是他在游历的时候接触到的，这为他以后的文学创作打下了坚实的基础。他后来到罗马攻读法律，最后定居在利比亚和迦太基。

阿普列尤斯的阅历很广，他的著述包括哲学、自然科学、医学以及各种体裁的文学作品，但只有部分拉丁文著作传世。他的哲学著作主要阐述柏拉图的哲学思想，演说著作有在奥亚城的《辩护词》和《英华集》，后者是他演说辞中精彩部分的摘录。

但使他闻名后世并为他赢得巨大声誉的是长篇小说《变形记》，又名《金驴记》。

▲ 内容精要

罗马帝国时期，有位青年名叫鲁巧，因故赴希腊旅行，羁留巫术之乡，借宿在一个高利贷商家中。当他获悉女主人精通巫术时，好奇心油然而生，遂亦想学此技艺。为了寻求帮助，他向女仆福娣黛求爱，结为情侣，得以亲眼目睹女巫凭借魔药，施展变身术。谁知情人忙乱中拿错药膏，弄巧成拙，致使他误敷在身，非但未能如愿变为飞鸟，反而变成一头毛驴。从此以后，他在命运摆布之下，开始受苦受难，相继服役于强盗、隶农、街头骗子、磨坊主、种菜人、兵痞以及贵族厨奴，同时阅尽各种奇闻逸事，其中有神话传说、坑蒙拐骗、男女风情、巧取豪夺等。最后，因他在廉耻心感召下，逃避了与一个恶妇当众表演做爱的闹剧，埃及女神爱希丝因而降福于他，向他传授秘诀，终于使他脱掉驴皮，恢复人形，并皈依教门。

▲ 欣赏与评析

《变形记》虽然并不是今天严格意义上的那种小说，但它却是古代小说的雏形。这部集神话、传说、言情、逸闻趣事于一体的奇书，故事幽默诙谐，内容雅俗共赏，是拉丁文学中的名著。

《变形记》共十一卷，前十卷描述了主人公卢基乌斯由人变驴后的经历，最后一卷叙述卢基乌斯恢复人形的情景。故事可能是由希腊作家卢克俄斯（拉丁化名字为卢基乌斯）的同类小说演变而成的带有冒险色彩的小说。

《变形记》这部小说以卢基乌斯（译文中为鲁巧）变驴后的所见所闻为线索，广泛而真实地描绘了当时社会各阶层人物的生活，情节生动，滑稽可笑，不过作者在叙述中一直保持着冷漠态度，不带丝毫个人感情。同时书中插入不少各种类型的民间故事。这些穿插的小故事更为吸引读者，并不比主人翁逊色，其中以少女卜茜凯与爱神丘比特的爱情故事最为优美、动人，成为后世欧洲许多文学家和艺术家创作题材的源泉。

小说中占五分之一篇幅的人与神的奇恋，是全书最为精彩的部分，也是最脍炙人口的部分。这一部分体现了作者高超的艺术修养和写作水平，是全书的精华。

6.《源氏物语》

［日］紫式部

▲ 书海导航

《源氏物语》是日本最早的长篇小说，被日本政府定为“国宝”。《源氏物语》从体裁上看属于日本10世纪左右形成的一种“草纸文学”。所谓草纸，又名草子。草纸文学指用假名（日本字母）写成的物语、日记、随笔等散文（区别于韵文），以区别于用汉字写的文学作品。物语、日记和随笔与民间口语相结合，发展成为新鲜的、更具有日本民族特点和具有文学意味的散文。而紫式部的《源氏物语》（约1004—1009）的出现则标志着这种文学形式的成熟。

《源氏物语》的社会背景是藤原道长执政下的平安王朝贵族社会盛极而衰的转折时期。小说艺术地再现了贵族内部的尔虞我诈的权力斗争，揭露了贵族统治阶级的腐朽和罪恶及其必然崩溃的趋势，是日本从奴隶社会过渡到封建社会的历史画卷。

《源氏物语》被认为是三千万日本家庭不朽的国民文学，也是世界文学史上的里程碑。它问世于11世纪，是日本文学中一部伟大的古典名著，也一直对日本文学的发展产生着巨大影响。即使在今天，《源氏物语》仍是日本作家的灵感之源。同时，《源氏物语》也被公认为是世界文学史上最早的一部长篇写实小说。因此它无论对于日本文学还是对于世界文学，都具有特殊的意义。

◇ 作者档案

紫式部（约975—1014），日本女作家、歌人。紫式部本名无可考，她出生于书香门第。

父亲藤原为时是有名的中国文学学者，擅长和歌和汉诗，曾担任过地方官，地位不高。紫式部自幼跟随父亲学习中国诗文和和歌，熟读中国典籍，并擅长乐器和绘画，信仰佛教。约22岁时，她和比自己年长20多岁、已有妻室子女的地方官藤原宣孝结婚，因而亲身体验了一夫多妻制家庭生活的滋味。婚后5年，丈夫逝世。在寡居生活中，因创作《源氏物语》而文名远扬，受到藤原道长等高官显贵的器重。宽弘二年至三年（1005—1006）间八后宫，任藤原道长之女、天皇皇后彰子的女官，为她讲授《日本书纪》和《白氏文集》等汉语古书。因其官名为藤式部，所以后改称紫式部。据传，紫，是《源氏物语》的主人公的名字，式部源于她父亲的官名“式部丞”。紫式部1013年离开后宫。《源氏物语》直到她逝世前才成书。该书被誉为日本古典文学的高峰。她还另有《紫式部日记》和《紫式部集》等其他著作。

△ 内容精要

《源氏物语》共54回，可分为前后两大部分。41回之前是前半部，写的是源氏的故事。源氏本是天皇桐壶与一爱嫔生下的儿子。桐壶帝对小皇子非常疼爱，因为考虑到他没有靠山，将其降为臣民，赐姓源氏。源氏长大后相貌堂堂，多才多艺，极受天皇宠爱，并让他与左大臣的女儿葵姬结婚，但源氏并不喜欢葵姬，逐渐开始追逐其他的贵族女性。他凭着他的才情与特殊权势，前后染指妇女近20位。不久他竟与桐壶帝新纳的皇妃藤壶（亦即源氏的继母）私通，并生下一子，取名冷泉。桐壶天皇不知道真情，把冷泉立为太子，同时源氏在仕途上也平步青云，官至近卫大将。桐壶帝逝世后，源氏异母兄长接任皇位，这便是朱雀帝。源氏开始一落千丈，被逐山乡。然而朱雀帝很快就病逝了，冷泉天皇（即源氏与藤壶的私生子）登基。冷泉帝在服丧期间得知源氏是自己的生父，从此，源氏东山再起，执掌朝廷，享尽荣华富贵。他为自己建造了一座富丽堂皇的六条院，把过去结识的并与之有情爱关系的十多位女子迎入其中，与其同享荣华富贵。晚年源氏为了保持自己的权势，娶了朱雀帝的女儿三公主为妻。谁料他竟然发现三公主与葵姬的侄子柏木私通并生下了一子，取名薰君。懊丧的源氏视为上苍报应，不久正妻死去，万念俱灰的源氏痛感人生无常，遁入空门。

原小说到42回结束，后十几回主要写的是源氏之子薰与宇治山庄女子及少女浮舟之间的情感瓜葛。薰爱上了八亲王的大女儿，但她的早逝使得薰极为悲痛。他得知少女浮舟系八亲王的私生女且容貌与死去的大女儿相似，便决定移情于她。然而不幸的浮舟却被他人玷污，她夹在两个男子之间不能自拔，最后投湖自杀。虽然人们将她及时救起，但她已看破红尘，决意出家。薰屡次想与浮舟见面，均未能如愿。

▲ 欣赏与评析

小说描写的宫中斗争，素材取自紫式部在宫廷的见闻；所反映的妇女的无权地位和苦难生活是同她自己的生活分不开的。小说叙述了三代天皇和皇子皇孙的事迹，主要是他们与成百妇女间的两性关系，以及因此而产生的政治纠纷，情节很动人；对人物的内心活动，刻画得也很细致。

全书共54回，近百万字。故事历70余年，所涉人物四百多位，其中印象鲜明的也有二三十人。人物以上层贵族为主，也有下层贵族、宫女及平民百姓等。从中反映出了平安时代的社会现实，揭露了贵族之间争权夺利的尖锐矛盾。全书以源氏家族为中心，上半部写源氏公子与众妃及其他女性的种种爱情生活；后半部以源氏公子之子熏君为主人公，铺陈了复杂纷繁的男女纠葛事件。从体裁看，该书颇似中国唐代的传奇、宋代的话本，但行文典雅，很具散文的韵味，加上书中大量引用汉诗，及《礼记》、《战国策》、《史记》、《汉书》等中国古籍中的史实和典故，并巧妙地隐伏在迷人的故事情节之中，使该书具有浓郁的中国古典文学的气氛，中国读者读来，有读中国小说那种强烈的亲近感。而且该书与《红楼梦》一样，所涉人物都是皇族，虽然所展示的场景是日本的贵族阶层，但对爱情生活的着墨点染却与《红楼梦》有异曲同工之妙，因此，被认为是日本的“《红楼梦》”。

《源氏物语》在艺术上的成功之处除塑造了源氏及众多女性形象之外，还在于通过这些形象反映了物哀、幽情等日本民族普遍的审美意向。书中的源氏身为皇子却不得不降为臣籍，空有济世之才却无心仕途，酷爱紫姬却不断拈花惹草，一世风流却落得剃度为僧的结局。他的一生伴随着许多矛盾和烦恼。作者大写特写这些生活中无法摆脱的矛盾所造成的苦闷以及精神上接连不断的碰撞所形成的无奈，正是要说明人生的苦痛和悲哀，显露了作者以哀动人、以悲感人的美学观。而作者在诠释这些观点时，又不可避免地掺入了“人生无常”、“四大皆空”等佛学观念，使得这部著作在写实的基础上具有了形而上的哲学内涵。虽然这种观点可能是肤浅的，但它所创立的物哀等美学传统，却一直被后世作家继承和发展，成为日本文学民族化的一大因素。

7.《竹取物语》

［日］佚名

▲ 书海导航

《竹取物语》是古代日本最早的一部物语文学作品，它同《伊势物语》一起被称为平安朝物语文学的先驱。在它之后问世的《源氏物语》就在“赛画”一回中称《竹取物语》是“物语鼻祖”。《竹取物语》问世的年代，大约在10世纪初。作者不详，据推断此人应为男性，他应有相当的佛典、汉籍的修养，还要有和歌的才华。经过千年历史的洗礼，流传至今的《竹取物语》整体上仍然保持了古代小说的风貌。

《竹取物语》又称《赫映姬物语》，“竹取”就是伐竹的意思。这个故事由三部分组成：第一部分是月宫仙女下凡；第二部分是五位贵族公子求婚；第三部分是天皇御驾亲征，月宫仙女升天。

作为最早的物语文学作品，《竹取物语》在构思、布局和情节上虽然还略显粗糙，但整体上仍然获得了文学的统一性。作品最有趣的部分集中在五个好色之徒接连上演的滑稽喜剧上；赫映姬在下界凡夫俗子的茫然失措中突然升天而去的收场，更具有强烈的戏剧效果。作者发挥了非常丰富的想象力，紧紧抓住了读者，取得了日本民族自假名文字发明以来最为成功的艺术成就，开辟了古代都市贵族文学——物语文学的绪端。

▲ 内容精要

从前有一位以伐竹为生的老翁（竹取翁），他常到山中去伐竹，靠编织竹器过活。有一天他发现一棵发光的竹子里坐着一个只有三寸长的女孩，就把她带回家中抚养。从此，这位老翁再伐竹时就常常发现竹节中有许多黄金，老翁便自然地变成了富翁。女孩三个月后已变成了一个大姑娘，容貌异常美丽，因此取名为“赫映姬”（也译为“辉映姬”或“辉夜姬”），意思是美貌的光芒，映得人眼花缭乱。姑娘的美貌传出后，求婚者不分高低贵贱纷至沓来，其中尤以石作皇子、车持皇子、右大臣阿部御主人、大纳言大伴御行、中纳言石上麻吕五人的求婚最为急迫。赫映姬在竹取翁的请求下，答应从中选婿，但她对这五人各提出一项任务，答应谁能圆满完成就嫁给谁。这五项任务是分别要他们取回天竺国如来佛的石钵、蓬莱山的玉树枝、唐土的火鼠裘、龙头上的五色玉、燕子的子安贝五件罕见的宝物。实际上这五件事是不可能办到的。这五个求婚者有的去冒险求宝，有的采用欺骗的手法弄虚作假，结果都被赫映姬识破，没有一个人能完成任务，只好退下阵来。这时好色的天皇也想凭借权势宣召赫映姬入宫，赫映姬不答应，于是在一个仲秋之夜，天皇亲自带领两千大军，包围了竹取翁家，要捉拿赫映姬。此时，赫映姬已对竹取翁说出自己本是月宫中的仙女，因与老人有一段缘分，暂留世间，现在俗缘已满，将要回归月宫。果然此时天兵天将到来，接走了赫映姬。赫映姬在千军万马的包围之中，留下了不死之药，穿上羽衣升天，回归了月宫。天皇无奈，令人将不死灵药放在最接近天的骏河国的山顶上，连同自己的赠诗“不能再见赫映姬，安用不死之灵药”一起烧毁。从此这座山被称为不死山，即富士山

(日语中不死与富士发音相似)，山顶上吐出的烟，至今不灭。

▲ 欣赏与评析

《竹取物语》的思想价值表现在求婚与抗婚的矛盾斗争中。这部分内容突出了女主人公赫映姬对金钱与权势的蔑视和反抗，她用愚弄、奚落乃至痛骂的表现手法来嘲笑当时上层贵族和天皇的无知与虚伪，在一定程度上起到了批判现实的作用。文中出现的五个求婚者，都是在当时社会确有其人的皇族和贵族。作品中写到他们为得到美貌的赫映姬，不惜使出种种不光彩的手段，最终都被赫映姬识破，落得个滑稽出丑的下场，作品淋漓尽致地暴露了贵族们的愚昧、庸俗和丑恶。

《竹取物语》这部作品的反抗性还表现在赫映姬对待天皇的态度上。天皇强要赫映姬入宫及赫映姬严拒圣御的描写非常出色。当天皇差使的女官要赫映姬入宫时，赫映姬不从。女官说："皇上说的话，在这国土上的人难道可以不听从?"赫映姬坚决地说："如果我这样说违背了天皇的话，就请他赶快把我杀死吧!"天皇无计可施，对竹取翁许愿，如果赫映姬入宫，则封其为五品官。竹取翁劝说赫映姬时，赫映姬说："您等待我去当宫女，以便取得您的官位，我就同时死去!"最后天皇仍恋恋不舍，给赫映姬赠诗相劝，赫映姬回一首诗说："蓬门茅舍经年住，金殿玉楼不要居。"这段描写一波三折，尽管天皇软硬兼施，但无法改变赫映姬坚定的意志。这种生动对比的描写表现了一个纯洁少女"富贵不能淫，威武不能屈"的高尚品格，同时也间接反映了普通下层人民抗拒强暴的意志和争取美好自由生活的愿望。这在视天皇为神圣的日本历史上，是极为难能可贵的。

《竹取物语》中的"升天"一节，场面极为壮观。"升天"场面明显受到佛教文化和中国古代求仙文化的影响。中国魏晋志怪小说《汉武内传》和《汉武故事》(二者都托名是汉人班固撰写)，都有一段西王母见汉武帝的情节，在表现天庭与人间的沟通来往时，羽衣、云车、天上侍者、不死之药等，与赫映姬的回归景象基本内容完全一致。所不同的是，赫映姬是升天，西王母是下凡。据专家考证，《汉武故事》等志怪小说，最迟约在《竹取物语》产生前一个世纪就已传入日本，所以《竹取物语》所受的影响是可以理解的。除此之外，佛教文化对其影响也是显而易见的。天界乐土与人间鄙俗相对照，天界的安宁与幸福，更显出人间的痛苦和烦恼。富士山顶的袅袅青烟直入天空，仿佛开辟了一条可以到达仙界的路途。此后，日本盛行“净土宗”，许多人深信西天乐土的存在，由此可以看出佛教对日本文化的深刻影响。

8.《九云梦》

［朝鲜］金万重

▲ 书海导航

17 世纪朝鲜作家金万重创作的两部长篇小说《谢氏南征记》和《九云梦》都是以中国为故事发生的背景和舞台，作品问世后不久，由作者的堂孙金春泽（1670—1717）译为汉文。从此，朝汉两种文本并行于世，在朝鲜广为流传，享有盛名。祖孙两代人共同倾情于两部作品，用他们的智慧和才华共同浇灌了这两朵并蒂鲜花，这也可以说是世界文学史上的一段佳话吧。

关于《九云梦》的由来，有传说是金万重的母亲喜爱中国小说，但金万重在出使中国时，竟忘记为母亲捎回小说，为弥补自己的过失，他在回国途中，在轿子里构思成此书，所以，此书又有《轿中记》的别称。但无论如何，金万重的《九云梦》是一部优秀的文学作品，它为朝鲜李朝中后期的文坛增添了光彩。

◇ 作者档案

金万重（1637—1692），出生于朝鲜一个具有爱国传统的书香门第。他的曾祖父是一代名儒，父亲在23岁的英年牺牲于抗击满人入侵的战场，叔父是具有进步思想的著名学者。这样的家庭背景，对金万重的为人和为文都产生了重大影响。金万重学识渊博，曾官至大提学；他对西方近代科学思想也有浓厚的兴趣，曾绘制了最早的朝鲜地图。但就是这样一位正直博学的文人，仍被卷入李朝的党争之祸，晚年被罢官流放，最终死于谪所，令人扼腕。

金万重在文学上有很深的造诣。他精通汉文文学，曾著有汉文的诗集和文学评论集，他还熟悉当时中国的俗文学，如小说《三国演义》之类；他更重视朝鲜国语文学，说那些只爱用汉文创作的人是“鹦鹉学舌”，他亲作亲为，用朝鲜国语写了不少歌词，发扬光大了祖国文学。而金万重在文学史上的最大贡献，还是他的两部国语长篇小说《谢氏南征记》和《九云梦》。

古代朝鲜有很悠久的文学创作历史，但受宫廷文学的导向影响，只注重汉文文学，朝鲜的国语文学却一直不入文学的主流。国语诗歌尚且被认为是汉文诗歌创作的一点“余兴”。从这个意义上说，金万重的国语长篇小说创作在朝鲜文学史上具有特殊的贡献。

▲ 内容精要

小说的主人公杨少游前世是来中国传道的西域天竺国高僧六观大师的弟子，名唤性真，八女子的前身则是神仙南岳卫真君娘娘的八位侍女。性真和八侍女在奉命办事的途中邂逅，相互答话笑谑，违背了佛门神界的清规戒律，于是受到惩罚，被谪降人间，投身于不同的家庭。性真投身于唐朝淮南道秀州县杨处士家，取名杨少游。八女子则分别投生，成为后来的秦御史之女秦彩凤，韶州驿丞之女、洛阳名妓桂蟾月，播州良家之女、河北名妓惊狄惊鸿，郑司徒之女郑琼贝，丞相府胥吏贾某之女、琼贝之婢贾春云，唐皇之妹、兰阳公主箫和扬州良民之女、吐蕃刺客沈袅烟洞庭水府龙王之女白凌波。八女子各个因不同的奇特经历与杨少游巧遇，继而相识、定情。杨少游也在与她们先后相逢、交往的过程中，不断以自己的文治武功为国建立功勋，上得君心，下协人望，位极人臣。八女子先后成为他的妻妾，结成了一个一夫八妻的九人家庭。在充分享受了人间美满幸福的贵族生活后，感于世事的无常变化，荣华富贵无非是一场春梦，九人顿悟本性，看破红尘，痛悔前非，皈依佛门，“大得寂灭之道”，皆归于“极乐世界”。

△ 欣赏与评析

《九云梦》就是金万重写理想社会的佳篇。小说以中国唐朝为背景和舞台，写才艺绝佳的年轻书生杨少游宦途得意，成就了莫大的功名事业，以及他与八个女子恋爱结合的过程。小说具有十分离奇的色彩。

在《九云梦》中，杨少游与八女子恋爱、结合的过程占了极大的篇幅。那么，一个出生于清寒文人家庭的书生，如何能获得八个绝色女子（其中不乏公主、龙女）的爱慕呢？他们又如何能顺利地建立起和睦幸福的家庭呢？答案只能从作品中去寻求。作品中的八位女子虽然出身不同，她们与杨少游结识、定情的具体情形也各有不同，但却有一个共同点，那就是她们都认定杨少游势必将是当大官、享厚禄、前途无量的人物。如洛阳名妓桂蟾月在与杨少游的定情之夜，向杨少游说出了自己爱他的动机：“当今天下之才，无出于郎君之右者。新榜状元固不足论也，丞相印绶，大将节钺，非又当归于郎君手中？天下美女孰不愿从于郎君乎？”这番话的指向非常明显。杨少游其后果然中状元、当翰林、任尚书、做卸史大夫、为大元帅，直至官升宰相。而上至公主、下至婢女的众多女子也真心爱慕其才华，以不同方式与之结合。可见，杨少游的情场得意，正是他政治上飞黄腾达的结果，也是他以文治武功效忠于君王的报酬。

《九云梦》的艺术成就，在同时代的文学作品中，没有可以与之媲美的。在人物形象的塑造上，主人公杨少游多情而不轻佻，风流倜傥而又充满真情实意；八女子个性分明，刻画细腻。作品结构巧妙，富于传奇性。如杨少游与郑司徒（相当于宰相）之女郑琼贝相识、定情的过程就是一波三折，充满情趣。杨少游闻知郑家小姐美貌过人，就央人做媒，但媒人认为郑家门第太高，要等杨少游中了新科状元才有望。杨少游本来视中状元如探囊取物，但他禁不住好奇之心，就扮作女道士设法到郑宅献艺，以偷窥郑琼贝。杨少游琴艺出众，先后弹奏了《霓裳羽衣》、《后庭花》、《广陵散》等数支名曲，郑小姐都一一评点，二人彼此欣赏，但却因杨少游最后弹奏《凤求凰》而被识破是男子。郑琼贝认为自己受到了欺侮，伺机报复。不久杨少游果然中了状元，郑司徒也应许了他与女儿的婚事。郑琼贝却将贴身丫鬟春云扮作女鬼，诱惑杨少游，杨少游果然上当。于是郑琼贝反过来捉弄了杨少游，而且又成就了杨少游与春云之间的情缘。小说中这种奇妙的构思有多处体现。

9.《鲁滨孙漂流记》

［英］笛福

▲ 书海导航

《鲁滨孙漂流记》写于18世纪前期。当时英国资产阶级革命以资产阶级与贵族之间的妥协而告终，建立起君主立宪制政权。革命的胜利促进了资本主义经济的发展。产业革命使英国成为世界上第一个工业国。与此同时，英国不断发动对外战争，英国已经成为国际奴隶贩卖的中心，夺得了大量的殖民地和半殖民地。

笛福的一生正是处在资本主义原始资本积累时期，以及资产阶级政权逐渐臻于巩固的时期，也是手工工业发展到机器生产的前夕。《鲁滨孙漂流记》就在这样的时代背景下诞生了。

《鲁滨孙漂流记》开掘了“人类的世俗生活”这个重大的主题，娓娓道出人类日常生活的细节，前后衔接相当连贯。这样的处理方法排除了神性的功能，而更多地表现了平凡人们的生活。在此之前的欧洲小说（文艺复兴后），大都避免不了这样的弊病：要么情节散乱，结构不完整，要么就是充斥着传说的神话人物。因此，《鲁滨孙漂流记》这部小说的真实性、亲切感较之以前有了巨大的进步，开创了西方现实主义小说的先河。

笛福是资产阶级的代言人，鲁滨孙是按照他的理想创造出来的人物。因此《鲁滨孙漂流记》极富有时代特色。

◇ 作者档案

笛福（1660—1731），英国现实主义小说的开山人，现实中的他就像鲁滨孙一样有着非凡的传奇经历。他出生于清教徒家庭，20 多岁开始从商，经营过多种行业，到过欧洲大陆许多国家。同时，参与政治活动。他四处冒险，并因此获得声誉和地位，但也因讽刺时弊而三度饱尝牢狱之苦，几次经历逃亡艰辛。在年届 60 之际他开始创作《鲁滨孙漂流记》，因此博得了“英国和欧洲小说之父”的称号。

笛福还有《摩尔·弗兰德斯》、《辛格尔顿船长》等作品。他的小说多采用以流浪汉为主人公的形式，通过普通人的遭遇和命运，反映了 18 世纪初期英国资本主义纷繁的现实。

▲ 内容精要

鲁滨孙出生于英国的中产阶级家庭，虽然他父亲希望他在家乡靠自己的勤奋努力挣得一份家业，一辈子过安分守己的日子，但从幼年起，鲁滨孙就立下了遨游四海的雄心。1615 年，他悄悄离开了家乡，开始了他的第一次冒险生涯。

他从伦敦买了一些廉价的物品，然后由海路直抵非洲，和当地土著人交换金砂、象牙等贵重物品，牟取暴利。他看到有利可图，便再度前往非洲，却不幸遇上了海盗。他本人也成了海盗头子的奴隶。但他善于察言观色，很快得到海盗的信任，放松了对他的看管。他乘机逃走，并带走了小黑奴佐立。在海上逃亡了10天后，他被一艘开往巴西的船救起。到了巴西后，他买了一个小庄园，开始了庄园主的生活。但他不甘于平庸，又一次出海冒险，去非洲贩卖黑人。这一次运气又不好，船在南美洲附近触礁沉没。除他死里逃生爬上了一个荒岛外，其他人均葬身鱼腹。小岛上荒无人烟，也没有野兽。他开始了长达28年的孤独生活。

他并未灰心丧气，首先做了一个木排，将沉船上所有有用的东西运回了小岛，其中有食物、制帆篷的布、枪支弹药、淡水、酒、衣服、工具等。他用帆布支起了帐篷，为自己建立了营地。然后他开始勘察小岛的地形。他在山坡下选择了一个小山洞作为栖身之地，并用了几个月时间扩大其规模；用简单的工具制作了桌、椅等家具；为了防备野兽，他在洞口设置机关，形成了一个“城堡”。安排就绪后，船上的食物和水也快用光了。他又开始寻找食物和淡水。

荒岛上有不少野山羊。他除捕食外还将它们饲养起来。一次偶然的机会，船上装饲料的布袋中残余的粮食在雨季中竟长出了嫩绿的稻苗和麦苗。他收集了种子，以便第二年扩大种植。在海岛的另一边，他还发现了成片的果林。他便在果林附近搭了一间茅屋，作为自己的“别墅”。海滩上物产同样丰富，有许多海龟和飞鸟。他捕捉它们，以改善营养。他又捉了一只鹦鹉，起名为“波儿”。岛上还有几条小溪提供淡水，吃喝基本能够保障了。

鲁滨孙逐渐开始经营农业和畜牧业，并获得了很大成功。第一年他打下了两斗大麦。他把这些粮食，碾成面粉，还烧制了瓦罐做炊器，使自己吃上了面包。他同时在岛上围了很大的一圈木栅栏，将捕来的羊集中饲养。这样不仅有羊肉吃，还有羊奶喝。他用羊皮为自己缝制了帽子、外衣和雨伞。他自力更生，生活中的必需品已是应有尽有。生活到第六年，他造了一只独木船，又用两年时间挖了一条6尺宽的运河，以便把船放到半英里外的小河里去。他驾着这只木船，像一个国王一样绕岛视察，心中充满了自豪感。

若干年后的一天终于出现了意外。一群野蛮人从另一个岛屿划船而来，侵入了他的领地。他们将一些俘虏吃掉，并载歌载舞。鲁滨孙心中充满了恐惧，担心自己会被发现并被吃掉。他寻找到一座十分隐蔽深幽的岩洞作为新的住所，并广设机关，保护自己。这样过了许久，他已在岛上安全度过了23年。不久，岛上又来了一群食人肉的野蛮人。鲁滨孙决心保卫自己的领地。他拿起枪潜伏在附近。突然一个俘虏挣脱绳子向他这边跑来，后边追来几名野蛮人。

鲁滨孙开枪打死了那些追来的野蛮人，救了这个俘虏，那天恰好是星期五，他就给这个俘虏起名为“星期五”。从那以后，“星期五”变成了他的忠实仆人和朋友。

不到一年时间，星期五已经学会了英语。他告诉鲁滨孙，曾经有17个遇难的白人到过他住的那个岛上。鲁滨孙很想去救援他们，同他们一起回到文明社会。于是，他和星期五造了一只独木舟准备出发。恰在这时，另一群野蛮人带着很多俘虏来到岛上，其中有一名白人。他把那名白人救了出来，同时救出的还有星期五的父亲。在这场激烈的战斗中，他和星期五用火枪等武器共打死打伤21名土著人。

岛上有了新居民。除星期五的父亲外，还有那位西班牙人。鲁滨孙扩大了谷物种植面积，并派星期五的父亲和西班牙人回去联络，准备把其余西班牙人接到岛上。然后，他们可以共同造一条大船，开往巴西去。

星期五的父亲走后，岛上发生了另一件事。一条在附近海面经过的英国商船起了内讧。船上的暴徒劫持了船长和大副，驾了一只小艇，朝鲁滨孙的小岛开来。他们准备把船长和大副扔到荒岛上，然后把商船开走。鲁滨孙和星期五一同打散了暴徒，营救了船长和大副，帮他们夺回了商船。这样他便没有再等星期五的父亲他们回来，决定乘英国商船回国。临行前，他把岛上的产业交给了两个被他俘虏的暴徒，因为他们犯了劫持商船的罪，回英国是要被吊死的，他们已无法回去了。鲁滨孙告诉他们如何在岛上生活，并要他们和将要来到的西班牙人共同合作，把岛屿经营好。

1686年，鲁滨孙离开了苦心经营的海岛，带着星期五回到了阔别已久的家乡，算起来他已漂泊了35个春秋了。他回到家中，发现父母早已逝世，只剩下两个妹妹和两个侄子在家。他又到巴西去看他的种植园，发现忠实的朋友一直在替他保管钱财。鲁滨孙已是一个拥有几千镑现款的富翁了。

鲁滨孙带着星期五回到英国后，成家立业，并有了3个可爱的孩子。几年后，他的妻子逝世。他伤心之余，又燃起了冒险的雄心，他又一次航海经商，他的侄子任船长。他们的船队向东印度群岛和中国行驶。路经鲁滨孙过去曾住的荒岛时，发现许多英国人和西班牙人已在这里安了家。岛上人丁兴旺，一片繁荣景象。鲁滨孙满意地离开了小岛。

他们在去巴西的途中，一些野蛮人偷袭他的船只，杀死了星期五。鲁滨孙从巴西出发，绕道好望角，来到中国沿海。船上的水手在一个港口参与了一次屠杀，鲁滨孙严厉斥责了他们。水手们便瞒着他的侄子把他送上了中国海岸。鲁滨孙在中国加入了一支商队，绕道西伯利亚回到英国。由于他54年之中的大部分时间都不在英国，他愉快地在英国生活了一段时间。但热衷于冒险的性格使他又一次准备远行。这次旅行之后，他可能将永远不再回来。

▲ 欣赏与评析

以详尽、具体的细节描写来刻画人物的性格，是《鲁滨孙漂流记》的一大特色。在笛福笔下，鲁滨孙的一言一行、一举一动，都有非常到位的描写。

最后，作者对人物心理活动的发掘也颇见功力。小说中对鲁滨孙出海遇险的懊恼之情，流落孤岛的郁闷之情，创造劳动成果的喜悦之情，对野人的恐惧和愤懑之情等，都有生动的描写，能引起读者的共鸣。此前的西方小说，则主要在人物角色的经历和言行上下工夫，较少发掘人物内心的情感世界，远不及《鲁滨孙漂流记》中的人物鲜活、饱满。

《鲁滨孙漂流记》成功地运用了第一人称写法，具有强烈的真实感。而且，“回忆录”的形式也在读者那里产生了信以为真的效果，以鲁滨孙自己的口吻，叙述他自己惊险的经历，使《鲁滨孙漂流记》成为鲁滨孙自己真实的回忆，是他自己看到过的、感受过的、思考过的。正因为如此，这部小说被誉为英国文学的“第一部现实主义小说”。

《鲁滨孙漂流记》语言通俗浅显，风格明朗简朴。作者自己曾经说过：“我认为只有这样的语言和风格才是完善的：一个人如果用这种语言写给500个中等程度和智力不等的人看（白痴和疯人除外），他们都会理解这个人所说的……而且别人所理解的就是他想告诉他们的那个意思。”

10. 《格列佛游记》

［爱尔兰］斯威夫特

▲ 书海导航

《格列佛游记》是18世纪英国杰出的讽刺作家江奈生·斯威夫特的杰作。这部小说表面上酷似奇幻而诙谐的儿童读物，实际上却是一部对当时英国政治、社会、法律和风俗习惯暴露深刻和极富战斗性的现实主义作品。确切地说，《格列佛游记》是一部童话色彩极浓的政治讽刺小说。斯威夫特曾经提出过一个文学创作主张，认为“有许多事不能用法律去惩罚，宗教道德的约束也都不足以使这些干坏事的人改正；只有把他们的罪孽以最强烈的字眼公之于世，才能使他们受人憎恶”。显然，《格列佛游记》这部讽刺文学巨著正是作者文学创作主张的体现。构成这部小说讽刺魅力的主要因素有两方面，一是匠心独运的反语手法，二是作者通过虚构对英国进行的穷形尽相的刻画。

值得一提的是，《格列佛游记》是最早被翻译介绍到中国来的英国文学著作之一。书中离奇的幻想和绝妙的讽刺深受中国读者喜爱。

◇ 作者档案

江奈生·斯威夫特（1667—1745），出生于爱尔兰都柏林一个贫苦家庭的遗腹子，靠伯父帮助，进入都柏林三一学院学习神学和哲学。由于出生贫寒又没有社会地位，早期过着痛苦和屈辱的生活。曾担任托利党《考察报》的主编，写文章揭露辉格党的贪婪和好战政策，后被变相放逐到爱尔兰。他积极号召爱尔兰人民为自由独立而斗争。斯威夫特受到人民群众的爱戴，成为爱尔兰人民的英雄。在此期间，他用5年的时间完成了著名讽刺小说《格列佛游记》。1745年斯威夫特死于精神病，享年78岁。

▲ 内容精要

《格列佛游记》通过主人公格列佛4次航海的奇遇，用影射的方式，从不同的角度，对英国资本主义制度进行了揭露和讽刺。

《格列佛游记》分为四个部分。分别描述了格列佛在利立浦特、布罗卜丁奈格、勒皮他和慧骃国的奇遇。第一卷写格列佛在海上覆舟遇险，成了利立浦特的俘虏，他在这个小人国遭遇了种种奇特的事件。主要讽刺对象是英国统治阶级的腐败政治和各个统治集团之间的矛盾。利立浦特的官廷也就是具体而微的英国朝廷。小人国的统治阶级也和英国的统治阶级一样扩军备战，明争暗斗。高跟党和低跟党的差别仅在于他们穿的皮靴后跟有高有低，实际上是一丘之貉。斯威夫特借此对英国议会中无原则的党派斗争予以无情的嘲笑。斯威夫特通过格列佛的遭遇揭露了小人国统治集团的阴险毒辣，假仁假义，通过对小人国宫廷的解剖挖苦鞭挞了英国的统治阶级，揭露了统治集团之间的内部矛盾。字里行间极尽嬉笑怒骂之能事，刻画真实，入木三分。虽然斯威夫特在第一卷中并没有直接描写统治阶级和人民群众之间的矛盾，但是从小人国政治腐败，“国库券的价值比票面价值低百分之九才能流通”，连年进行对外战争，老百姓“必须跟随皇帝出征，生活费用要由他们自己负担”，政府发许可证时，大臣们就可以获得相当数量的税款等等情况看来，利立浦特的人民在统治阶级的压榨下生活是极为困苦的。

第二卷写格列佛在一次风暴后，被丢弃在海岸，后被当作玩物卖给布罗卜丁奈格，展开了他在这个大人国的种种奇遇。作家在这个部分里塑造了他的理想中的开明君主的形象。布罗卜丁奈格是一个巨人国家，格列佛在巨人中间就像一个利立浦特人置身于我们人类中间一样。布罗卜丁奈格国王博学多识、性情善良，他用理智和常识、公理和仁慈来治理他的国家。但是，第二卷的主要内容依然是对英国统治阶级的腐化败坏和不合理的政治社会制度的批判和抨击。

第三卷写格列佛在飞岛等地的见闻，结构比较松散，但是讽刺的范围却更为广泛。斯威夫特在写作这一卷时参加爱兰尔人民争取独立自由的斗争，因此揭露宗主国和殖民地之间的矛盾也更为尖锐。斯威夫特借飞岛上的统治者来讽刺英国的统治集团——国王和大臣。他们高高在上，脱离土地和人民，终日沉思默想，不事生产，脱离实际，却依靠下方人民来养活自己。如果人民抗缴捐税，国王就把飞岛停在他们的头上，剥夺他们享受雨水和阳光的权利。如果人民继续抗拒，国王就下令以泰山压顶之势用金刚石岛底把他们压碎。统治集团对于起义人民的镇压是多么地残酷，但是英勇不屈的人民，像林达里诺的人民那样团结一致，抗拒到底，发挥群众力量，用种种方法反抗，飞岛上的统治者也就无计可施。勒皮他国王为了飞岛的安全，最后还是被迫和人民妥协。关于林达里诺人民起义的这一段描写，在某种程度上反映了爱尔兰人民反抗英国统治者压迫的斗争。

第四卷慧骃国游记叙述格列佛在马国的经历。这个国家统治者是有理性的、公正而诚实的马，供马驱使的耶胡——指人——却是一群丑陋龌龊、贪婪淫荡、残酷好斗的畜类。耶胡好吃懒做，贪得无厌，特别喜欢在田间寻找一种发亮的石头。为了争夺石头，它们就会搏斗起来，甚至发动大规模的战争。它们喜欢吮吸一种草根，吃多了以后就互相搂抱厮打，丑态百出。它们也有自己的头目，头目还有宠臣。这些宠臣被主子抛弃以后却会受到全族类的凌辱。从耶胡的种种特性来看，当时的社会罪恶诸如贪财好斗、酗酒荒淫都集中在耶胡的身上。斯威夫特所创造的耶胡无非是对当时英国的社会政治生活和恶劣风尚的集中讽刺。

▲ 欣赏与评析

斯威夫特在这部小说里成功地运用了“反语”。他通过格列佛以冷静的口吻对事物作出不动声色的评价，虽然他有时把善说成恶，把恶说成善，但只要我们稍加注意，就能读出作者的言外之意，弦外之音。比如在描述小人国埋葬死人的方法时，格列佛评价道：“他们埋葬死人时，把死人的头一直朝下，因为他们相信一种说法，万一一个月以后死人们都要复活，那时地球（他们以为是扁平的）会上下颠倒。按照这样的埋法，他们复活以后就会安全地站在地上了。当然他们的学者也承认这种说法荒谬，不过顺从世俗的习惯，这种办法还在继续采用。”在这段并不长的话中，体现了作者对小人们愚昧、守旧、顽固和荒唐的深恶痛绝。但行文上却并没有采用过于激烈的措辞，这就是反语手法的运用。

通过虚构来影射英国的现实，在这部小说中可以说比比皆是。小人国中的小人；飞岛国中形形色色的官僚、政客、学者；慧骃国中的“耶胡”等等，不一而足。他们的所作所为，基本上都是当时英国统治阶级的变形体现。如小人国中的国王，只不过比其他人高出一个指甲盖，就格外的显得尊严，不但在国内作威作福，而且野心勃勃，想做整个世界的皇帝。这不能不让我们联想到当时的英国统治阶级对爱尔兰的统治和奴役，在海外大肆扩张殖民地的行径。

11.《傲慢与偏见》

［英］简·奥斯汀

▲ 书海导航

简·奥斯汀处在英国摄政王（即后来的乔治四世）的反动统治时期。摄政王的残暴统治是历史上闻名的。这个时期，国际国内发生了许多重大事件和变化，如法国革命、英国工业的兴起、工人的自发运动、农村人口外流、农业凋敝、知识分子如火如荼的民主运动等。

当时，庸俗无聊的“感伤小说”和“哥特小说”充斥英国文坛，而奥斯汀的小说破旧立新，一反常规地展现了当时尚未受到资本主义工业革命冲击的英国乡村中产阶级的日常生活和田园风光，在英国小说的发展史上有承上启下的意义。

威廉·莱昂菲尔普斯曾说：“奥斯汀是世界上最重要的文学艺术家之一，而《傲慢与偏见》又是她的代表作。”这足见《傲慢与偏见》在奥斯汀小说创作中的地位，而英国评论家安奈特尔·鲁宾斯坦因在《英国文学的伟大传统》一书中称简·奥斯汀开辟了英国现实主义小说的先河，将她与乔治·艾略特、伍尔夫等女性作家相提并论，足见作者本人在英国文学发展史上的重要地位。

◇ 作者档案

简·奥斯汀（1775—1817），英国女小说家。出生于乡村小镇斯蒂文顿，父亲是当地教区牧师。奥斯汀从没有上过正规学校，只是9岁时曾被送往她姐姐所在的学校随读，但她在父母指导下阅读了大量文学作品，并在20岁左右就以写作为乐事。她一生共发表了6部长篇小说。1811 年出版的《理智和情感》是她的处女作。

奥斯汀以女性特有的细致敏锐的观察力，对英国乡村中产阶级家庭的日常生活进行了细致入微的洞察，真实地描绘了她周围世界的小天地，尤其是绅士淑女间的婚姻和爱情风波，并塑造出了一批有个性、独立思考的新女性。

△ 内容精要

小乡绅班纳特家有五个待字闺中的千金，班纳特太太整天操心着为女儿物色称心如意的丈夫。当年轻、富有的单身汉彬格莱先生租下附近一处庄园——尼日斐花园时，轻浮的班纳特太太立即激动起来，开始筹划该将哪个女儿许配给彬格莱。

在一次舞会上，班纳特家的女儿们结识了彬格莱先生。但彬格莱的好友达西却似乎对这一家子极其傲慢，认为她们都不配做他的舞伴。自尊心极强的伊丽莎白立即对他产生偏见，甚至在另一次舞会中当众拒绝了他的邀请，令达西狼狈不堪。但这反而使相貌英俊、家财万贯的达西对她产生了好感。

彬格莱和洁英、班纳特成了朋友，但当他的妹妹发现达西有意于伊丽莎白时，这位一心追求达西的女士出于嫉妒，就与看不起班纳特太太还有班纳特家那些年幼的姑娘们的达西极力怂恿彬格莱离开本地，然而洁英对他还是一片深情。

这时候，班纳特先生的继承人柯林斯前来拜访。这位粗鄙无知、仅靠趋炎附势当上牧师的表兄向伊丽莎白求婚，但却连续遭到她的拒绝。柯林斯先生并不感到羞愧，紧接着就和伊丽莎白的女友夏绿蒂·卢卡斯订了婚。

达西的一位熟人是附近小镇的一位年轻军官，名叫乔治·韦翰。伊丽莎白对他很有好感，于是韦翰趁机诽谤达西的为人，称自己应得的一大笔财产曾被达西侵吞，于是伊丽莎白对达西的厌恶感又增添了一层。

柯林斯夫妇请伊丽莎白去他们家做客，伊丽莎白在那里遇到达西的姨妈凯瑟琳，不久，又见到了达西。达西再次为伊丽莎白所吸引。他向她求婚，但因态度傲慢，遭到拒绝。他开始认识到骄傲自负所带来的恶果，于是写信给伊丽莎白，承认自己曾阻挠彬格莱与洁英接触，并坚决否认做过对不起韦翰的事。伊丽莎白读信后十分后悔，也开始消除自己对达西的偏见。

第二年夏天，伊丽莎白来到达西的庄园游览，在这里她对达西的为人有了进一步的了解。不久她又听说小妹妹同韦翰私奔，开始担心达西会因此而看不起她。但出乎她意料的是，达西不仅替韦翰还清赌债，还给了他一笔巨款，让他与丽迪雅完婚。自此以后，伊丽莎白往日对达西的种种偏见统统化为真诚之爱。

达西的姨母、傲慢的凯瑟琳夫人蛮横地要求伊丽莎白放弃达西，但这一无理要求遭到伊丽莎白的拒绝。受到这样的鼓舞，达西再次诚恳地向伊丽莎白求婚。至此，一对曾因傲慢和偏见而延搁婚事的有情人终成眷属。而彬格莱先生和洁英经过一番周折也终于言归于好。

▲ 欣赏与评析

奥斯汀在这部小说中通过伊丽莎白姐妹对待终生大事的不同处理，向我们展示了乡镇中产阶级家庭出身的少女对婚姻爱情问题的不同态度，从而阐明了作者的恋爱婚姻伦理道德观：婚姻绝对不能仅仅建立在金钱、财产或地位的基石上，如果没有真挚的感情，那么这种婚姻是不可能持久的。但作者对待金钱和地位的态度又不是绝对排斥，这显然与她自身所处的地位和家庭生活经历有关。书中的女主人公伊丽莎白出生于小地主家庭，她之所以会对富豪出身的达西产生偏见，主要还是由于他的傲慢，但这种傲慢实际上也是达西优越身份的自然反应。

伊丽莎白机智聪敏，是一个具有反抗精神的人物。她以她的聪明才智、优越的精神境界处处与瞧不起她的上流社会挑战，最终在爱情上获得了成功和幸福。这种举动在当时是难能可贵的，因此这一人物形象也具有一定的进步意义。作者奥斯汀也颇为自负地称伊丽莎白是自己的“宝贝女儿”，“我必须承认，伊丽莎白是自有书籍以来十分讨人喜欢的人物，我竟不知道我怎能忍受不喜欢伊丽莎白的读者。”可见这一人物在全书中的地位和影响。

从艺术成就上看，奥斯汀能把“日常平凡事”写得具有较强的艺术感染力，以塑造人物形象鲜明著称。她善于用喜剧讽刺的手法反映现实社会生活，常常能够一针见血地把事情的本质给揭露出来，使故事在轻松幽默的戏剧风格中达到较高的艺术深度，给人以深刻的印象，并且深受广大读者尤其是青年女性读者的喜爱，成为她们的“爱情宝典”。

12.《老实人》

［法］伏尔泰

▲ 书海导航

在法国启蒙运动时期，出现了许许多多才华出众、有胆有识的启蒙思想家、哲学家、政治家、文学家、诗人。伏尔泰就是其中的佼佼者。从活动领域的多样性所起的作用以及当时在欧洲所享有的威望来看，伏尔泰堪称为法国启蒙运动的领袖。《老实人》是法国启蒙文学的杰作。它以现实主义的笔触，通过老实人的经历，横扫当时整个欧洲的社会生活，以高度讽刺的艺术，不仅对盲目乐观的“前定和谐”论进行了尖锐的嘲讽和批判，而且对贵族和教会这些腐朽的社会力量进行了毁灭性的打击。伏尔泰用大量的事实证明，生活中充满了邪恶和黑暗，盲目乐观主义是没有根据的，它只能是麻痹人民、维护封建统治的另一种形式的愚昧主义。老实人经过长期探索，终于寻找到了消除现实中苦难的答案："工作可以使我们免除三大不幸：烦恼、纵欲和饥寒。"最后他得出的结论是"种我们的园地要紧。"这句名言，表现了新兴资产阶级的进取精神，构成了伏尔泰全部哲理的真谛。

◇ 作者档案

伏尔泰（1694—1778），18 世纪法国启蒙运动的一位领袖和导师，又是卓有成就的哲学家、历史学家和文学家。伏尔泰本名弗朗索瓦·玛丽·阿鲁埃，1694 年 11 月 22 日出生在巴黎一个中产阶级家庭。他的生活经历很坎坷，曾辗转于法国、英国、德国、瑞士，到处都遇到麻烦，几乎无栖身之所。直到 61 岁时才在法国和瑞士边境上的佛尔纳买了一块地产，算是有了个定居之地。逝世前 3 个月才返回巴黎。死后教会不允许把他葬在巴黎。1789 年大革命时，他的遗骸被隆重安葬在巴黎先贤祠，灵车上写着"他培养我们热爱自由"。

伏尔泰在生命的后期主要从事哲理小说的创作。这方面的重要的作品有《查第格》（1748）、《老实人》（1759）和《天真汉》（1767）。其中以《老实人》写得最出色，哲理最强。

▲ 内容精要

从前，在威斯发里有一位男爵。在男爵府上有个年轻汉子，据说是男爵的妹妹与邻近一位乡绅养的私生子。他头脑简单，不知世事，被叫做"老实人"。男爵府里有一位家庭教师，名叫邦葛罗斯，他所教的是"一种包罗玄学、神学、宇宙学的学问"。老实人年少天真，对邦葛罗斯的教导深信不疑。

男爵有位 17 岁的女儿居内贡，长得又嫩又胖，面色鲜红，很逗人喜爱。一天，老实人和居内贡躲在屏风后亲吻，被男爵看见，立刻飞起大腿，踢着老实人的屁股，把他赶出了大门。

老实人被迫离开乐园，开始过起了流浪生活。在饥寒交迫之际，两个保加利亚招募新兵的差役请他吃了一顿饭，便把他塞进了兵营。不久，保加利亚王和阿伐尔王打起仗来，老实人像哲学家一样发抖，在这场英勇的屠杀中尽量躲藏。他终于从死人堆和灰烬中逃出，一口气跑到了荷兰境内。

第二天他在街上闲逛，遇到一个叫花子，满身脓疱，鼻烂嘴歪，两眼无光，丑陋不堪，原来他就是邦葛罗斯。他告诉老实人，由于战乱，男爵已经家毁人亡。老实人听了悲痛不已。老实人与邦葛罗斯结伴同行，到了葡萄牙的里斯本，刚好遇到火山爆发引起地震。地震把里斯本毁了四分之三，地方上一些有道行的人和大学博士们认为，只有用举办大规模的“功德会”、处死几个活人的办法，才能阻止地震。他们烧死了一个皮斯加伊人和两个葡萄牙人，宣布把邦葛罗斯吊死；老实人则在挨打之后得到赦免。

老实人养好伤后，意外地遇见居内贡小姐。小姐告诉他，父母惨遭杀戮，自己屡遭蹂躏，又被当作奴隶辗转贩卖，如今沦为失去自由、专门供人玩乐的女子。老实人虽然性情和顺，也不由得为居内贡小姐的遭遇而义愤填膺。他一鼓作气杀死了霸占着居内贡的犹太富翁和异教裁判所大法官，带着居内贡连夜逃跑。

他们到达布宜诺斯艾利斯后，好色的总督认为居内贡是自己生平第一次见到的美人儿，便把她据为己有。老实人被迫再次与居内贡分离。他雇了一个当差，名叫加刚菩，陪他一起流浪。他们在远离欧洲的南美土地上，经历了一系列的惊险奇遇。

后来，他们决定到南美洲东北角上一个名叫“开颜”的小岛上去。主仆二人找到一条小船，乘船顺流而下。机缘巧合之下，来到了遍地都是黄金、宝石的“黄金国”。老实人对黄金国赞不绝口，他说：“这儿的天地跟我们的完全不同。这大概是尽善尽美的乐土了，因为无论如何，世界上至少应该有这样一块地方。”尽管如此，老实人还是一心要去找居内贡小姐，因此只在黄金国住了一个月便离去了。临行前，国王送给老实人大量黄金、宝石和其他一些稀罕的宝物。

他们主仆二人到了荷兰属地苏里南。由于船主的欺骗和法官的敲诈，所带的宝贝损失大半。老实人选了一位名叫玛丁的老学者做伴，乘船前往法国。到了巴黎，老实人被一伙男女骗子诈骗，财宝又损失了许多。在英国朴次茅斯港，他们目睹一个海军提督因作战不力、杀人不够而被枪毙。在意大利威尼斯，老实人找到了他过去的听差加刚菩，得知居内贡小姐在君士坦丁堡。于是，老实人、玛丁和加刚菩一起乘船前往。在船上，意外地遇到了正在服苦役的邦葛罗斯，原来他在里斯本地震时虽然被“功德会”宣布吊死，却奇迹般地死而复生。老实人立即把他赎了出来。

在君士坦丁堡，老实人终于找到了居内贡。虽然她已变得丑陋无比，但他还是与她结了婚。他们和邦葛罗斯、玛丁、加刚菩一起买下了一块田地耕种。玛丁仍然坚持认为人天生只有两条路：不是在忧急骚动中求生活，便是在烦闷无聊中挨日子。邦葛罗斯承认自己一生苦不堪言；可是一朝说过了世界上样样十全十美，只能一口咬定，坚持到底，虽则骨子里完全不信。老实人对他们争论的评价是：“说得很妙，可是种咱们的园地要紧。”

▲ 欣赏与评析

哲理小说，是18世纪启蒙者所创造的独特的文学体裁。这种体裁的优点在于它能及时而通俗地表达和传播时代精神、思想和任务；便于达到启蒙的目的。从《老实人》这部哲理小说中，我们可以清楚地看到这一点。

哲理小说的主要特点，就在于它虚构出一个负有了解周围生活意义和肩负寻找真理使命的人物，把他放到特定的环境或情节中去，让他通过生活、观察、体验、磨炼而达到对于生活意义和真理的认识，从而表达作者关于哲学、社会、政治、美学、道德、宗教的见解。《老实人》中的老实人就是负有上述使命的人物形象。

伏尔泰写哲理小说的主要目的不在于描写个性，而在于通过虚构的人物情节来彻底地反对、无情地讽刺他所敌视的思想、黑暗势力、偏见、暴力和压迫。在解决上述任务时，他创造了一些奇特而带有讽刺意味的人物形象，这些形象也就是他无情地加以反对和嘲笑的对象，关于这点，可以从邦葛罗斯这个令人难忘的形象中看得很清楚。

对伏尔泰来说，写作哲理小说不是让读者相信小说中所描写的情节的真实性，而是力求使读者透过这些虚构的情节，看出自己隐伏于其中的严肃的思想。例如，他虚构邦葛罗斯被吊死而又神话般地被救活，并且还自欺欺人地宣称自己仍然相信莱布尼兹的先天谐和论这个怪诞的情节，是为了淋漓尽致地嘲笑先天谐和论的虚妄和说明破除人们的偏见并非轻而易举的事。

伏尔泰的书面语言，素以洗练、简洁、幽默、深刻著称，恩格斯把伏尔泰的文辞说成18世纪文辞的典范。这一点也不过誉。俄国的著名文学评论家别林斯基、大诗人普希金以及法国大文豪巴尔扎克，对伏尔泰的文辞都十分赞赏。我们只要回味一下老实人和邦葛罗斯第二次奇遇后那段幽默的问答，就足见伏尔泰语言特点之一斑。

13. 《少年维特之烦恼》

［德］歌德

▲ 书海导航

《少年维特之烦恼》是德国18世纪著名诗人、作家歌德根据自己的恋爱经历所写的一部爱情小说，是一部永葆青春的世界名著。据说拿破仑对此书爱不释手，在军旅中也随身携带阅读，一时传为佳话。

该书创作于1774年。当时的德国，正处于死水般的沉寂和停滞状态中。当时德国城市的先进知识青年，对德国落后陈腐的封建关系发出一种激烈的抗议。他们崇尚感情，狂傲不羁，要求自由和个性解放。他们的每一部杰作“都渗透了反抗当时整个德国社会的叛逆的精神”。年轻的歌德，便是这一时代潮流的领袖，他所创作的《少年维特之烦恼》，鲜明地表达了这一时代精神。这部小说取材于现实，凝聚了作者对德国社会的深刻认识，形象地揭露了德国封建专制制度的腐朽和反动，因而一经问世，便犹如巨石投入一潭死水之中，发出了轰然鸣响，激起了层层波澜，在18世纪德国的社会各阶层，特别是广大青年读者群中，引起了强烈的反响，并给年轻的歌德带来了世界性的声誉。

◇ 作者档案

歌德（1749—1832），出生于德国一个高级知识分子家庭，是德国文学史上的泰山北斗，他的创作把德国文学提高到全欧的先进水平，并对欧洲文学的发展作出了巨大贡献。歌德从小就接受着良好的教育，读大学时深受启蒙主义思想影响，在狂飙运动中，因发表《少年维特之烦恼》而闻名全欧。此后他以漫长一生的辛勤劳动，给德国和人类留下了一笔丰富多彩的精神财富，被马克思称为“最伟大的德国人”。

歌德所创作的散文、小说，还有成为德国教育小说典范的《威廉·迈斯特的学习时代》（1796）、《亲和力》（1809）以及自传《诗与真》（1811—1814）等。

▲ 内容精要

维特因遗产的事访问了韦茨拉尔，从5月的美丽富饶的大自然中得到了伟大造物主的启迪。他是一个多情善感的少年，在一次舞会上结识了绿蒂。绿蒂的淳朴、活泼，尤其是高雅的风度使维特为之倾倒。当维特知道这位少女已有一位名叫阿尔伯特的体面的未婚夫时，不由痛苦万分。

在此之后不久，苦闷彷徨的维特，在9月的一个夜晚悄悄告别了绿蒂，离开了韦茨拉尔，去某一城市的公使馆任职。但他和官僚社会格格不入，终因不能忍受侮辱而愤然辞职。这样，他在实际生活中也失去了依靠。约一年后，他又眷恋旧情，再一次回到绿蒂的身边，可是这时她已成了阿尔伯特的妻子。维特抑郁成病，和阿尔伯特的友情也转向恶化。

维特希冀无限美好的未来，却被囚禁在狭隘的现实生活圈子中，而从这个使人窒息的狭隘中解放出来的道路只有一条——自杀。

维特为了作最后的告别，于是去拜访了绿蒂。在绿蒂的央求之下，他朗诵了莪相的诗。维特在这首诗的激情冲动之下，蓦地和绿蒂拥抱接吻。这是他们之间的最初也是最后的接吻。紧接着就在翌日，维特用从阿尔伯特那里借来的而且是经绿蒂的手交给自己的手枪，结束了自己的生命。这时正是12月圣诞节即将来临的寒冬深夜。在维特的书桌上还摆着莱辛的《爱米丽雅·伽洛蒂》。

▲ 欣赏与评析

歌德通过《少年维特之烦恼》向罪恶的封建社会所进行的揭露是深刻的，抨击是有力的，它实际上无情地宣告了德国封建专制制度业已腐朽透顶，无可救药，必然灭亡。

歌德用维特的典型形象写出了一代青年在时代的压抑下所患的忧郁病。维特成了青年人崇拜和效仿的偶像。在德国，在欧洲，甚至在全世界的街头，都可以看到穿着黄裤子和黑色燕尾服的维特装的青年，怀揣着一把手枪，随时准备自杀。自杀在一时之间变成了一种可以理解的行为。《少年维特之烦恼》全新地诠释了这种被视为罪过的举动。歌德要求人们谅解自杀，但他不希望年轻人狭隘地理解和盲目地模仿维特自杀的行为。维特的自杀使人们认识到维特的行为也是对社会环境的批判，正是由于他对社会采取了批判态度，才激发了其厌世情绪，这使《少年维特之烦恼》具有反抗当时统治者的重大意义，它不仅仅记载了一起耸人听闻的爱情悲剧，更从这个悲剧中表现了抗争的个性同历史必然进程冲突的悲剧性结局。歌德向社会提出了思考的崭新角度，感情丰富、心理纯真的人同世界的不协调导致了悲剧人物的诞生。维特失败了，是由于他丰富的情感和敏感的天性，他并无过失。

维特的富有时代气息的思想感情，在歌德的笔下，被深刻而细致入微地传达了出来。由于《少年维特之烦恼》的富有诗意的抒情，它被人们称为“抒情的散文诗式的小说”，至今仍不失为是一部值得一读的优秀文学作品。

当然，我们在评价《少年维特之烦恼》的历史功绩的同时，也不能不指出它的不足之处。维特的不幸遭遇确实令人同情，但是由于阶级和时代的限制，他始终未能看清消除社会罪恶的真正力量和道路在哪里，因而深陷于个人的忧郁、烦恼之中而不能自拔；他最后所采取的反抗邪恶的方式——自杀，也完全是一种消极的手段，无助于人们走上真正有效的斗争道路。这一切，清楚地反映出德国资产阶级的软弱性，反映出当时德国的“狂飙突进运动”仅有热情激动而缺乏明确的斗争目标的局限性，也反映出了作者思想认识上的弱点。此外，维特把爱情的幸福看得高于一切，这固然表明了新兴资产阶级的人生理想，具有反封建的积极作用，但是这也很容易把人们引入恋爱至上的歧途。这在当时就曾产生过不良的影响，对于今天的读者，尤应引以为戒。

二、外国古典诗歌名著欣赏

古代时期的人类，所创作的大量诗歌多以史诗的记叙、英雄的颂歌和传奇的讲述这几种形式出现。流传至今的外国古典诗歌文库中，就有很多这样的著名篇章。于是，读者从中欣赏到了叙述勇士历险的史诗《贝奥武甫》，表现王国统一历史的《罗兰之歌》，描绘古代部落战争的《荷马史诗》等。这些名著，在全世界广泛传播，至今仍闪耀着不朽的光辉。

1.《荷马史诗》

［罗马］荷马

▲ 书海导航

《荷马史诗》即《伊利亚特》和《奥德赛》，是古代欧洲最古老的史诗，由于西方文化不断发展，它的影响不断扩大，所以荷马史诗在古代世界史诗中流传最广，至今仍闪耀着不灭的光辉。

《荷马史诗》是在口头文学基础上形成的，它的原始材料是许多世纪积累起来的神话传说和英雄故事，保存了远古文化的真实、自然的特色，同时表明在远古地中海东部早期这个古代文化中心，它的文学曾达到相当高的水平。史诗开始用文字留传下来之后，又经过许多世纪的加工润色，才成为现在的定本。

《荷马史诗》广泛地反映出希腊社会从原始公社制向奴隶制过渡时期的经济、政治、军事等方面的情况，人们至今还把这一时期称为希腊历史上的“荷马时代”，并且主要根据史诗提供的材料研究这一时期的社会状况。

《奥德赛》和《伊利亚特》这两部史诗，是欧洲文学史上最古老的两颗灿烂明珠。它们的彩色是同样的艳丽；它们的价值是同样的重要。要认识古希腊野蛮时代的高级阶段的全盛时期，两部史诗缺一不可；要了解古希腊文学艺术的“不可企及”，缺了其中任何一部，都不全面。

尽管如此，两部史诗却各有特色。有人认为《伊利亚特》有“阳刚之美”；《奥德赛》有“阴柔之美”，所以均被口味不同的读者赞赏至今。

◇ 作者档案

荷马，相传荷马为古代希腊两部著名史诗《伊利亚特》（又名《伊利昂纪》）和《奥德赛》的作者。根据史诗的语言和它的内容描写，西方学者一般认为他可能生活在公元前 8 至公元前 9 世纪之间，但对荷马本人的情况却知之甚少，实际上有关他生平的资料也不确切。上溯到早期的希腊年代，就有一个家喻户晓的古老传说，认为荷马是个盲人，大约出生在奥尼亚、爱琴海东岸的一个地区。作为一个行吟诗人，他的情况可能同《奥德赛》里那位朗诵诗人谛摩多科斯差不多，经常带着竖琴在当地吟唱特洛伊战争英雄事迹的歌曲。在长期的生活过程中，他广征博采，巧制精编，荟前人之长，避众家之短，以大诗人的情怀，大艺术家的功力，创作了《伊利昂纪》和《奥德赛》这两部瑰丽的诗篇，使这两个在古希腊流传很久的故事终于形成史诗的规模。但现在一般的研究者都倾向于认为荷马可能只是这两部史诗的最初或最好的综合加工者，此后两大史诗还有若干古代学者进行过许多改动。

▲ 内容精要

在公元前12世纪末，在希腊半岛南部地区的阿凯亚人和小亚细亚北部的特洛伊人之间发生了一次长达十年的战争，最后希腊人毁灭了特洛伊城。这是一次部落之间的战争。

《伊利亚特》题名的原意是“伊利昂的故事”，写的是希腊人围攻特洛伊城的故事，当时的希腊人称特洛伊为“伊利昂”。关于这次战争的起因，在神话故事“不和的金苹果”里有详细的说明。根据这则神话所述，特洛伊战争是为了争夺一个名叫海伦的希腊女子而引起的。不和女神阿瑞斯因忌恨自己没有被邀请参加阿喀琉斯（希腊方面的主要英雄）父母的婚礼，便肆意挑起事端。她把一个金苹果扔在宴会桌上，上面写着“给最美的女神”，这就引起了赫拉、雅典娜、阿佛洛狄忒三位女神的争抢，宙斯让她们去找特洛伊王子帕里斯评判。三位女神向帕里斯许了愿。帕里斯把金苹果判给了阿佛洛狄忒，因为她答应让帕里斯娶到世间最美的女人。事后，阿佛洛狄忒把帕里斯引到斯巴达，骗走了斯巴达王墨涅拉俄斯的美丽的王后——海伦，从而爆发了特洛伊与希腊之间长达十年之久的战争。到了第十年，希腊联军统帅阿伽门农和阿凯亚部族中最勇猛的首领阿喀琉斯争夺一个在战争中掳获的女子，由于阿伽门农从阿喀琉斯手里抢走了那个女俘，阿喀琉斯愤而退出战斗。《伊利亚特》的故事就以阿喀琉斯的愤怒为开端，集中描写那第十年里的五十一天的事情。由于阿凯亚人失去最勇猛的将领，他们无法战胜特洛伊人，一直退到海岸边，抵挡不住伊利昂城主将赫克托尔的凌厉攻势。阿伽门农请求同阿喀琉斯和解，请他参加战斗，但遭到拒绝。阿喀琉斯的密友帕特罗克洛斯看到阿凯亚人将要全军覆灭，便借了阿喀琉斯的盔甲去战斗，打退了特洛伊人的进攻，但自己却被赫克托尔所杀。阿喀琉斯感到十分悲痛，决心出战，为亡友复仇。他终于杀死赫克托尔，并把赫克托尔的尸首带走。伊利昂的老王（赫克托尔的父亲）普里阿摩斯到阿喀琉斯的营帐去赎取赫克托尔的尸首，暂时休战，为他举行盛大的葬礼。《伊利亚特》这部围绕伊利昂城的战斗的史诗，便在这里结束。

《奥德赛》写的是希腊英雄奥德修斯在特洛伊战争结束后还乡的故事。赫克托尔死后，围绕伊利昂城的战争还继续打了很久。后来阿喀琉斯被帕里斯用箭射死，希腊英雄奥德修斯便献计造了一只大木马，内藏伏兵，特洛伊人把木马拖进城，结果希腊人里应外合，攻下了伊利昂城，结束了这场历经十年的战争。

离开本国很久的阿凯亚首领们纷纷回国，奥德修斯也带着他的伙伴，乘船向他的故乡伊塔克出发。但他们在回国途中却遇到种种艰难险阻。《奥德赛》前13卷采用倒叙的方式讲述奥德修斯到菲埃克斯岛以后向国王阿尔基诺斯讲述他的遭遇。奥德修斯一行先到了喀孔涅斯人的驻地，攻下了王城。后来他们到了一个食迷莲的国家，吃了迷莲便忘了故乡。之后他们又被独眼巨人关在巨人岛上的一个山洞里，奥德修斯用酒灌醉巨人，用烧着的木棒灼伤了巨人的眼睛才得以逃脱。此后，神女喀尔刻要他留在一个岛上，并把他的同伴变成了猪。他还躲过了女妖迷惑人的歌声，逃过怪物卡律布狄斯和斯库拉。最后女神卡吕普索同意他返回家乡。与此同时，奥德修斯的妻子珀涅罗珀在故乡苦苦等待丈夫，奥德修斯在家中的儿子忒勒马科斯也已经长大成人，出去打听他的长期失踪的父亲的消息。

许多人以为奥德修斯已死，为夺取奥德修斯的财产，纷纷向珀涅罗珀求婚，追求他的妻子的求婚人还占据着他的王宫，大吃大喝。珀涅罗珀则拒绝了所有的求婚者。奥德修斯经过十年颠沛流离，回到家乡。他装扮成乞丐进入王宫，同儿子一起杀死了所有的求婚者，处死了帮助求婚者的奴隶，一家人终于团聚。奥德修斯重新做了伊大卡岛上的国王。

▲ 欣赏与评析

《荷马史诗》的内容非常丰富，无论从艺术技巧或者从历史、地理、考古学和民俗学方面都有许多值得探讨的东西。它在西方古典文学中一直享有最高的地位。从公元前七八世纪起，就已经有许多希腊诗人模仿它，公认它是文学的楷模。两千多年来，西方人一直认为它是古代最伟大的史诗，因此我们可以从阅读“荷马史诗”中直接去领悟古希腊的文化和精神。

史诗以简洁的语言刻画出一系列英雄形象。《伊利昂记》中的那些英雄都是身经百战，英勇无畏的战士。在他们身上集中了氏族集体所要求的英勇品质，又显示出了每个人的个性特征。史诗是用自然质朴的口语写成。诗中比喻极为丰富，在描述人物和事物时，使用了大量的从日常生活和自然现象中选取来的比喻，构成了“荷马式的比喻”。

就《伊利亚特》来说，它是一部描写战争的英雄史诗。这部史诗着重是要歌颂氏族领袖的英雄品质，所以塑造了众多的英雄形象，并通过这些形象表现了那个“英雄时代”的英雄主义理想。全诗三分之二以上的篇幅都在描写阿喀琉斯休战期间两军的阵势。作者以恢宏的文笔气势磅礴地描绘了古战场的人喊马嘶、群雄争斗、刀光剑影、血雨腥风。这一幕幕惊天动地、气贯长虹的战争场面，本身就是展现英雄雄姿的诗篇。而作品中的这些英雄都是久经战阵、英勇无畏的战士。在他们身上既集中体现了氏族集体所要求的英勇品质，又初步显示出了每个人的个性特征，如阿伽门农的刚愎自用，阿喀琉斯的英勇善战，奥德修斯的足智多谋，赫克托尔的诲人不倦，说话语重心长等。特别是在阿喀琉斯和赫克托尔身上，这种英雄品质表现得更加明显。作为特洛伊军中最勇猛的将领，赫克托尔身负保卫全城的重任。他明知战争是由弟弟的不义行为引起，同时自己也必然逃脱不了命运的安排，但他依然视死如归，毅然勇敢地迎战阿喀琉斯。这是一个意识到自己光荣职责的光辉英雄形象。而希腊第一英雄阿喀琉斯，感于神的意志，把在战场上获得荣誉看做第一生命。他在战场上既勇敢善战、奋不顾身，又暴烈鲁莽，刚强任性，表现出一种崇高的英雄主义悲剧色彩，而这也正是荷马所要力图表达的时代精神。

《奥德赛》这部史诗在风格上却与《伊利亚特》有着不同的特

点。《伊利亚特》由于主要描写的是战争，因此情调显得过于高亢和急促。《奥德赛》故事的前半部主要描写主人公在海上的离奇遭遇。主人公十年惊心动魄的经历，包含了许多远古的神话和很多经过作者幻想加工所写成的奇妙自然现象，所以显得色彩斑斓，富有非常浓厚的浪漫色彩；故事的后半部分主要描写主人公同其他贵族青年争夺和维护私有财产的斗争，里面涉及很多家庭生活的描写，所以又显得比较细致和深刻，具有一定的现实主义精神。

“荷马史诗”的伟大成就还在于它对西方文学传统的深远影响方面。荷马是一位功底深厚、想象丰富、善于创新的语言大师。荷马史诗辞章华丽、妙语迭出，诗中生动、形象的用词和比喻俯拾皆是。仅就文学因素来看，“荷马史诗”也不愧为世界上最为优秀的文学名著之一。

2.《罗摩衍那》

［印度］佚名

▲ 书海导航

《罗摩衍那》是蜚声世界的印度两大史诗之一，被称为“最初的诗”。成书时间为公元前 4 世纪至公元前 2 世纪。史诗的作者相传是蚁垤仙人（音译为“跋垤”）。实际上，在当时，如此庞大的作品，不可能出自一人之手。无疑最初是流传于民间的口头创作，经过无数歌手和诗人的整理加工，最后由某个人对全书进行编纂而成，这个人或许就是蚁垤。

作为婆罗门教、印度教的经典和印度人民的圣书，《罗摩衍那》表明了印度人关于宇宙统一性的观念。天上、人间和大地是相互沟通的，天神、人和其他动物是互相转化的，人间的英雄与天神本质上是同一的，整个宇宙处于一种生死流转的循环状态。而人世间则是天神导演下的一个人生大舞台。在这个舞台上不断上演着一幕幕的人生戏剧。但是显然，《罗摩衍那》没有《摩诃婆罗多》那样古老。有人认为，《摩诃婆罗多》反映的是印度西部比较原始的文化，《罗摩衍那》则展示了印度东部比较进步的文化。

这首史诗是由我国著名学者季羡林先生亲自翻译成汉语并出版的。

▲ 内容精要

在名为《童年篇》的第一篇里，蚁垤仙人把自己创作的长诗教给两个学生（后来说是罗摩的双生子），让他们唱给罗摩听。而罗摩的故事则从这篇的第五章开始，由罗摩二子朗诵出来。内容以罗摩的出生和结婚为主，说罗摩是十车王经过祭祀天神后所生的长子，他因武艺超群，折断神弓而娶得邻国的公主悉多为妻。悉多是邻国的国王遮那竭耕地时在犁沟里发现的（悉多即犁沟之意），她的母亲是大地，父亲就是遮那竭。第二篇《阿逾陀篇》主要讲十车王宫中的矛盾与罗摩的被流放。十车王年老后，决定立罗摩为太子，但他的小王妃吉迦伊却在驼背侍女的煽动下，以过去老王曾答应要给她两项恩赐为借口，胁迫老王流放罗摩十四年，立自己的儿子婆罗多为王。十车王痛苦地应允后，不久即死去。罗摩出走后，弟弟婆罗多在位期间，供奉着罗摩交给他的一双作为替身的鞋子执政十四年。

第三篇到第六篇的主要内容是：罗摩夫妇和弟弟罗什曼那被流放到森林后，悉多不幸被十首罗刹王罗波那抢去，罗摩兄弟四处寻找未获。后来，罗摩帮助一个猴王夺回王位，并结成联盟。神猴哈奴曼侦察到悉多被囚禁魔宫后，猴子们立即为征讨罗刹国的罗摩大军造桥过海。罗摩大败十首魔王罗波那后，派人从魔宫接回悉多一并起程返国。

罗摩回国登基后，他统治的时代出现了太平盛世，全诗到此本已结束。第七篇估计是后加的，在这一篇里，罗摩的形象发生了很大的变化，即从一个被迫害的受难者变成了封建专制暴君。如其中谈到罗摩即位若干年后，听信了所谓人民的意见，怀疑悉多居魔宫不贞而将她遗弃；十几年后，悉多的不白之冤仍得不到昭雪，最终不得已求救于地母，让大地裂开，纵身跳了进去。作品的最后结局是全家在天堂重新相聚。

▲ 欣赏与评析

史诗《罗摩衍那》是古代印度的“百科全书”，反映了社会生活的各个方面，所反映的一夫一妻制、宗法制家庭关系及其道德理想是印度社会文化的进步。站在文学角度看，《罗摩衍那》也不像《摩诃婆罗多》那样夹杂了那么多的非文学成分。《罗摩衍那》的时代离我们已经很远了，但这部史诗仍有深刻的认识价值。通过罗摩流放、悉多遭劫、罗波那败亡、悉多得救和罗摩复国登位等主要情节，我们可以形象地看到当时社会的政治风貌：宫廷内部争夺王位的阴谋、罗摩等英雄英勇地抗暴斗争、史诗作者所宣扬的忠、孝、节、悌、义的封建伦理道德观念，以男性为中心的家长制，以及第一篇《童年篇》的第六章中所反映出的种姓制度的存在及各种姓之间的严格区别。

《罗摩衍那》形象地反映了宫廷内部争夺王位的阴谋和罗摩等英雄人物抗暴的斗争，表达了一系列进步的、符合人民心愿和顺应当时历史发展趋势的政治主张，同时也宣扬了作者的那种忠、孝、节、悌、义的伦理道德观念和种姓制度的思想。史诗成功地塑造了各种各样的典型形象。特别是悉多，作为贤淑、忠贞的妇女形象的代表，一直受到印度人民的尊敬和喜爱。神猴哈奴曼也是人们所敬爱的形象，直到今天，在印度的农村还可以看到他的塑像。同时，景物描写也是多姿多彩、有声有色，语言修饰美而不怪、恰如其分。作品结构错综复杂，然而布局又井然有序，风格朴实无华、简明流畅。

3.《贝奥武甫》

［英］佚名

▲ 书海导航

日耳曼的民族大迁徙时代通常被称为“英雄时代”，其各民族的文学作品都对这个时代有所反映，反映了英雄时代日耳曼各民族的共同文化背景和文学传统。

史诗《贝奥武甫》是以古英语写下的欧洲最早的民间史诗，也是早期英国文学的开山之作，它描绘的是一幅理想化的日耳曼英雄时代的图画，它的主要情节是想象的产物，背景却是历史事实，在歌颂主人公的同时，公元8世纪的人把这个时代的英雄人物看作他们自己的祖先，并以自己作为他们的后代而感到无比光荣。史诗大约完成于公元7至8世纪，最早见诸文字是在10世纪的一部手抄本中。史诗所叙述的事件，发生在5世纪末至6世纪初的北欧日耳曼诸部族中。

◇ 作者档案

作者可能是公元8世纪英国北部或中部的一位基督教诗人。他将英雄传说、神话故事和历史事件结合起来，加上基督教观点的议论，写下了这部长达三千一百八十二行的史诗。史书中记载，瑞典南部高特人在国王的率领下，于公元520年渡海袭击并掠夺弗里西安人，法兰克国王塞奥多里克派儿子前去支援被侵略者，瑞典国王阵亡，其侄儿贝奥武甫英勇杀敌，报了仇，史诗中有一处提到这个战役。神话部分则来自斯堪的纳维亚关于熊的民间传说。这个传说被盎格鲁人于6世纪中叶带到不列颠岛上，与基督教结合，于是便形成了史诗《贝奥武甫》。但诗中涉及的一些人物、事件和地点已得到证实。

▲ 内容精要

史诗《贝奥武甫》叙述了勇士艾奇瑟与高特人的公主所生的斯堪尼亚（今瑞士南部）王子贝奥武甫在青年和老年时的两次历险活动。

丹麦国王赫洛斯伽建造了一座大厅，取名“鹿厅”。在那里他和手下的武士们商量国家大事，举行宴会，论功行赏，说唱作乐。他们的欢笑激怒了一名叫葛伦得的怪物。夜晚，葛伦得来到鹿厅，杀死并劫走了三十名武士，给赫洛斯伽带来了很大损失和灾难。此后，葛伦得不时地袭击并破坏鹿厅，伤人害命，祸患无穷。这种情况持续了十二年之久。大海北方（今瑞典南部），高特王赫依拉有个外甥魁伟无比，一双铁掌不下三十个人的力气，人称贝奥武甫，意即“蜂狼”（熊）。他组织起一支援军前往丹麦，来到赫洛斯伽宝座前请求徒手与葛伦得交锋。然而，酒宴上翁弗思起了妒忌心，要给贝奥武甫下马威，却反受了一通奚落。天黑了，贝奥武甫和他手下的勇士守在鹿厅，葛伦得破门而入，抓走了一名武士，贝奥武甫空手与之搏斗，撕下怪物的整条手臂，挂在鹿厅门上，怪物逃回了阴暗的洞穴。第二天，庆功宴上，行吟诗人歌唱弗里西安人国王芬思由于背信弃义引起血亲报仇，因而造成多人死亡的悲惨故事。当夜，葛伦得的母亲来到鹿厅为儿子报仇，劫走一名丹麦武士和儿子的断臂，贝奥武甫尾随至深潭边，纵身而入，在水怪的洞穴中与之搏斗，后来用洞穴壁上的一柄古刀杀死水怪，并割下葛伦得的头。为丹麦人除害的贝奥武甫，受到赫洛斯伽的奖赏和称赞，也为高特人争得了荣誉。

赫依拉父子战死后，贝奥武甫成为高特王，统治他的国土五十年。当地有一条看守财宝的火龙，火烧了高特人的村庄。之后，贝奥武甫返回家乡，受到人们的极大尊敬和国王赫依拉的奖赏。多年以后，他当上了高特人的国王。一次，一位高特人偶然发现了一个古老的藏宝处，于是，他趁守卫这儿的龙睡着之后，搬走了一个金酒杯，献给了贝奥武甫。老龙发现宝杯丢失之后，勃然大怒，开始向高特人报复，贝奥武甫虽年过八旬，仍不顾年老体衰，决心杀死恶龙。他带着十一名武士去和恶龙交锋，恶龙口喷烈火，十一名武士中除了威依拉夫一个，其余人都逃到树林中。贝奥武甫脖子被恶龙咬住，幸亏威依拉夫用剑猛刺恶龙肚子，恶龙肚中喷出的火焰愈来愈弱，贝奥武甫趁机用另一把剑将恶龙斩为两截。严重的失血使这位老英雄奄奄一息。临死前，他将国王的金铃圈给了威依拉夫，并将火龙洞中的珠宝全部分发给人民。他命人将其尸体火化后埋在鲸鱼岬的土山上，修一个坟冢，像灯塔一样为航海人指明方向。

▲ 欣赏与评析

《贝奥武甫》的手稿分成四十三节，外加一个开场白。开场白简明扼要地叙述了丹麦人的早期历史。四十三节又分为两部分：第一部分（第一节至三十一节）叙述青年武士贝奥武甫降伏水怪葛伦得和他母亲的故事；第二部分（第三十二节至四十三节）叙述年迈的贝奥武甫斩恶龙的故事。两部分之间相隔五十年，呈现出鲜明的对照：青年时代的英雄生活与老年时代的英雄生活；胜利与死亡。但这两部分构成了史诗主人公贝奥武甫的完整形象，因此二者之间具有延续性，缺一不可。史诗的结构比较简单，史诗的主要故事情节也显得相当淳朴。史诗的作者用英雄时代日耳曼民族的历史和民间传说，主要是斯堪的纳维亚的历史故事，构成作品的素材。他把一些历史事件和传说故事用预言或回顾的方式，穿插和镶嵌在主要情节里面。这样一来，贝奥武甫的事迹就成了英雄时代整个日耳曼世界的一个组成部分，贝奥武甫的降妖除怪行为就具有了推动人类社会发展的历史意义。

这部史诗的部分段落被加上了基督教的色彩，仿佛是某些热心的编者有意流传这项杰作，而把虔诚的文句穿插在诗歌中，但是语气及情节都属异教。开头，丹麦国王被以瓦里亚基海盗维京人的方式出葬，置于一艘无人的船上，在海上随波逐流之时，作者写道："谁也无法明说此一重担究由何人承受。"但口气并不是异教的乐天姿态，字里行间充溢着阴郁的语调。甚至赫洛斯伽大殿里宴席上的气氛亦是如此，字里行间的轻唱与叹息，流露出无限的哀叹。

《贝奥武甫》的语言既简练又复杂，既含蓄又强烈。这种诗歌语言的显著特点之一，就是大量使用一种浓缩的比喻，叫做"比喻名称"，通常是一个由两个名词组成的复合名词，例如，"鲸鱼路"（指大海），"鸟儿的快乐"（指翅膀）等。《贝奥武甫》的作者进一步发展了这些"比喻名称"，例如"鲸鱼的田亩"和"天鹅的路程"——二者都指大海；"天空的蜡烛"和"天上的宝石"——二者都指太阳；"荣誉的挥动者"和"胜利的赐予者"——二者都指上帝；"古墓的守卫者"和"夜晚的独飞者"——二者皆指恶龙。作品用委婉语和克制的陈述手段，把战斗称作"刀枪游戏"，把胜利、征服比做"剥夺了喝蜂蜜酒的席位"，把死亡比"睡眠"、"离开生命的筵席"、"选择上帝的光明"等。作品中多有平行结构和对偶句型，例如，在叙述火龙喷火烧毁林庄时写道：

那是一个可怕的开始对那个国家的人民来说；不舒适而且迅速——

结局也将是这样，对他们的君主和财富赐予者来说。

4.《罗兰之歌》

［法］佚名

▲ 书海导航

中世纪文学的突出成就是英雄史诗。早在法兰克人的时代，就出现了专事歌唱部落首领武功的歌者，这种在民间广泛流传的口头诵唱文学被称为“短歌”。英雄史诗正是在这种原始的文学形式的基础上发展起来的。1837年发现的《罗兰之歌》是英雄史诗中的代表作品。从诗中描写的风俗、使用的武器和语言等来看，《罗兰之歌》应属于11世纪末的作品，其创作时间约在第一次十字军远征之前和收复英国人占领的诺曼底之后。

9至11世纪的法国，名义上是一个统一的王国，实际上由很多个各自独立的封建领地组成。这些封建领主不受国王控制，经常展开混战，严重影响了国家安定，破坏了人民的生活。因此，人民希望法国能进一步统一。《罗兰之歌》把历史上曾经一度建立起统一王国的查理大帝塑造成了理想人物，寄托着人民要求建立强大统一的国家的愿望。但是实际上，《罗兰之歌》所歌颂的社会变革，要在几个世纪后才最终完成。从加佩王朝开始，新兴的资产阶级和市民阶级要求结束封建割据局面，实现国家的统一。至13世纪末期，国王才加强了对封建领土的控制。在这一方面，《罗兰之歌》的思想内容适应了这种历史发展的趋势。总体来讲，《罗兰之歌》还是保留了一定的民间色彩，反映了当时的社会现实以及人民的愿望。

▲ 内容精要

法兰克人的帝王查理大帝，在西班牙经过七年的征战，取得很大的胜利。除了伊斯兰教国王马席勒控制的萨拉哥斯以外，其余的城堡全被征服。马席勒召开会议，决定欺骗查理，给他送去贵重的礼物，说只要查理撤出西班牙就一定接受洗礼。

马席勒派人去拜见查理。查理很快召集众臣商议。

查理大帝的妹夫加奈隆主张议和。查理大帝的侄子罗兰提出让他的继父加奈隆出使敌营。由于有生命危险，加奈隆于是怀恨在心，立意报复。他向马席勒献计：送降礼和人质给查理大帝，求其罢兵，然后在归途中袭击其后卫部队。

加奈隆回来对查理说，萨拉哥斯人热爱和平，愿意到法兰西接受基督教义。查理听完后便将军队撤离西班牙，并根据加奈隆的建议，让罗兰率军做后卫压阵。

马席勒率十万人在荆棘谷截击罗兰的后卫部队。罗兰的好友奥利维埃极力劝罗兰吹响号角，请查理回兵救援，但遭到罗兰的拒绝。

战斗在荆棘谷激烈地展开，法兰西人英勇奋战，击退了敌人的第一次进攻。马席勒亲自率领军队向他们攻来，罗兰终于寡不敌众，最后剩下60人，罗兰才吹响号角，但为时已晚。等查理大帝赶到时，全军已殁。天色渐晚，在查理的呼救下，上帝让太阳暂停西落。查理大帝率军追击，把马席勒的军队大部分溺死于河中。伊斯兰教大主教巴里刚率大军支援，也被查理击败。最后，马席勒在城中忧急而死。

加奈隆的三十个亲族为他喊冤。在查理大帝的权威受到威胁时，有个骑士挺身而出。通过比武，加奈隆的亲信失败丧命，加奈隆被四马分尸，三十个亲族也被吊死。

▲ 欣赏与评析

史诗《罗兰之歌》以历史上的真人为素材，但所写的并不全是史实，其中有很多虚构的成分。这里的“历史事件”只不过是供人物活动的舞台。《罗兰之歌》真正的内容是反映了对建立统一的封建国家的憧憬和意愿。这也正是从加佩王朝开始，直至14世纪初法国四分五裂的封建王国逐渐向统一的等级制封建王国过渡的历史特征。

《罗兰之歌》所反映的历史事件是查理大帝在和异教徒对抗的过程中与巴斯克人之间的战争。公元777年，在帕得邦的巴塞罗那回教总督要求基督教君王支援他对抗哥多华的回教统治者。查理率军越过比利牛斯山，包围并攻下了基督教的旁普罗纳城，并前进到撒拉哥沙。查理知道，自己孤立无援的力量不足以和哥多华一拼。又有消息传来，被征服的撒克逊人发生了疯狂的叛乱，并已向科伦进军。于是，查理率领精锐部队，以狭长的纵队，通过比利牛斯山道赶回。公元778年，在那瓦尔的伦西瓦列的一个山道上，一队巴斯克人突然袭击法兰克队的后卫部队，几乎杀掉全数人马。史诗中所歌颂的罗兰，正是在这场战役中牺牲的。

《罗兰之歌》之所以成为英雄史诗中的杰作，在于它塑造了一系列鲜明的艺术形象。这些形象，和历史上的实际情况可能并不相符，甚至改变很大，但作为文学形象却栩栩如生。

查理大帝是贯穿诗歌始末的人物形象。但史诗中的查理并不完全是历史上建立了庞大帝国的皇帝，而是人民心目中封建王国统一和强盛的象征，是进步的社会力量。在诗中，他已经被理想化了。当年只有36岁的查理，被史诗描写成一个有200岁，胸前飘着花白的胡子，英勇善战又深谋远虑的理想君主形象。他是教会的支持对象，同时也是上帝的保护对象。虽然如此，他的权威仍然不是至高无上的，他不能独自判决加奈隆的死刑，并且三十个贵族的反对也对他构成威胁。这些反映了当时国王的权威并不是最高的，它还受到诸侯的扼制。但是，史诗为了维护王权的胜利，让上帝出面来支持查理的骑士取得胜利，这使人们的愿望在史诗中得以表现，王权也取得了象征性的胜利。

罗兰在史诗中则是一个忠于君主的臣子形象。他对国王绝对忠诚，不惜以生命为代价来维护王权。他热爱可爱的法兰西，誓死保卫查理大帝。在他看来，宁可死也不愿屈辱地活。在战争中，他用力吹号角，结果用力过度胀裂了太阳穴而死去。在他死后，上帝派人把他的灵魂送上天堂。在这里，罗兰同查理大帝一样，也被理想化了，他的死也是因为他的豪壮，而不是战败被敌人所杀。

同样，反面人物加奈隆则成为维护诸侯割据的代表。他贪生怕死，只顾私利，并且为了一己私怨而背叛国家，报复忠臣，导致了罗兰之死和后卫部队的覆灭。最后，虽然有三十个贵族的维护，虽然他和查理大帝之间有亲戚关系，但他仍没有躲过严厉的惩罚。马席勒国王是又一个反面形象。他不顾士兵的死活，只顾个人安危，在战斗中独自逃回皇宫，与查理大帝形成鲜明的对照。

5.《伊戈尔远征记》

［俄］佚名

书海导航

这部史诗是俄罗斯古代文学中最伟大的作品之一。俄罗斯的英雄伊戈尔带领自己的军队冲过波洛夫草原，到达黑海海岸。编年史还记述了伊戈尔军队进入波洛夫草原的行动，初战的成功，以及继之而来的俄罗斯军队的溃败和伊戈尔的被俘。

《伊戈尔远征记》这部史诗的内容并不仅限于叙述伊戈尔的远征，更重要的是以此为引子，描绘了王公之间的连年内讧和游牧民族的节节进扰所引起的人民贫困的画面。

《伊戈尔远征记》的手稿是俄罗斯古文物爱好者和搜集家穆辛·普希金于18世纪90年代初在斯巴斯—雅罗斯拉夫尔寺院发现的。这一手稿是16世纪的抄写人依据《远征记》原稿所描摹的抄本，但是在1812年的莫斯科大火中被烧毁，留下的是根据这一手稿临摹下的几份抄本。现在《伊戈尔远征记》已经被译成各种文字，流传于全世界，它在文学史上影响的深远可以想见。

内容精要

1185年，伊戈尔和他外号叫“勇猛的野牛”的兄弟符塞伏洛德，率领俄罗斯的勇士们，向在第聂伯河和顿河流域游牧的波洛夫人进行了远征。5月1日，伊戈尔的军队被日食所带来的黑暗笼罩，但就在这时，他发表了远征的号令和誓言。他希望能在波洛夫草原的边境折断自己的长矛，希望能同战士们一道抛下自己的头颅，或用头盔掬饮顿河的水。队伍顺利地进发，周五的清晨，击败波洛夫的大军，取得了战斗的胜利。但是，就在第二天，波洛夫人开始反扑，经过三天激战，伊戈尔军旗倒落，队伍溃败，他和符塞伏洛德都做了俘虏。悲伤和沮丧充满了俄罗斯的上空。

基辅大公斯维雅托斯拉夫为了洗刷远征失败、伊戈尔兄弟被俘的耻辱，保卫俄罗斯的国土，向王爷们发出召唤，请他们踏上金镫，准备投入新的战斗。

远征的失败和伊戈尔兄弟的被俘，使伊戈尔的妻子雅罗斯拉夫娜像一只落单的杜鹃在悲啼。清早，她在普季夫尔的城堡上泣诉，怨恨风不随她的意志来吹拂，又祈求第聂伯河与太阳拯救被囚禁的伊戈尔。果然，午夜时分，伊戈尔在波洛夫人奥佛鲁尔的帮助下，骑马逃回俄罗斯。正像“脑袋离不开双肩，躯干离不开脑袋”一样，俄罗斯国家也离不开伊戈尔。

伊戈尔回到了祖国，整个俄罗斯都沉浸在无比的欢乐中。太阳更明亮，少女在歌唱，“所有的村落都欢喜，所有的城镇都快乐”。人们在歌颂王公、伊戈尔和符塞伏洛德，歌颂武士们。“荣誉属于王公们和武士们！阿门。”

这荡气回肠的故事就是古代俄罗斯的著名史诗《伊戈尔远征记》所描述的内容。马克思在1856年给恩格斯的信中曾提到它：“这部史诗的要点是要号召俄罗斯王公们在一大帮真正的蒙古军的进犯面前团结起来。”

▲ 欣赏与评析

这部史诗描写了12世纪俄罗斯的真实图景。各封建公国争夺土地和地位，为私利经常骨肉残杀，战争连绵不断，外面的突厥人等又连年骚扰俄罗斯百姓。公国内讧与外部的骚扰使俄罗斯生产经济凋敝，人民生活贫困不堪。

这部史诗常常中断对远征战役的描绘，来回忆王公间的内讧，回忆他们怎样“自己给自己制造了叛乱”，而游牧民族怎样入侵，进行骚扰，横征暴敛。“那时候俄罗斯国土上很少听到农民们的喊叫，但乌鸦却一面分啄着尸体，一面呱呱地叫个不停。”伊戈尔远征的挫败，军队的溃灭以及接踵而来的俄罗斯国家的贫困——都是王公分裂的结果，他们不去与游牧民族斗争，却彼此说着：“这是我的，那也是我的。”于是一个“忧郁的时代来到了”俄罗斯。

基辅大公斯维雅托斯拉夫，在史诗中被塑造为俄罗斯爱国者的形象。他对王公们表示，大家都是俄罗斯大家庭中的一员，要一起保卫国家的安全。爱国主义思想是《伊戈尔远征记》的主题，盼望国家稳定统一，王公间和睦相处，共同维护俄罗斯利益，是渗透在作品中的深沉的感情。

整部史诗有着严谨而曲折的结构，除序诗和结尾外，主要分为三个篇章：首篇，描写伊戈尔的远征，他的被俘及俄罗斯军队失败的严重后果。第二篇，描写基辅大公斯维雅托斯拉夫号召大家团结起来，保卫俄罗斯。第三篇，描写伊戈尔逃出波洛夫人的囚禁，重归祖国。

第一篇和第二篇是通过对照手法加以表现的。由伊戈尔的远征、俄罗斯军队的溃败、伊戈尔自己被俘的场面，慢慢转变为战胜波洛夫人的基辅大公斯维雅托斯拉夫的形象，他的英明，恰好与伊戈尔的狂妄相互对照。第一篇与第三篇同样也是对照。在第一篇里，描写了一些悲惨的事件，即由于俄罗斯军队的失败所引起的人民的贫困和灾难；但在第三篇里，作者又热情地描写了伊戈尔逃出波洛夫人的囚禁，返回祖国的情形。将俄罗斯生活的光明而愉快的情景和悲惨场面对照起来，这样既可以增强艺术效果，更可以体现出它的基本思想。作者时而用铿锵昂扬的语调，时而以真挚深沉的抒情诗句，动情地叙述那些历史事件，一幅幅光辉灿烂的画面代替了一幕幕暗淡悲惨的景象，一个个跃马横枪、勇猛无敌的俄罗斯英雄形象跃然纸上。

史诗里塑造了大量生动活泼的人物形象。伊戈尔为了个人的荣誉去远征，正是这种梦想将他和塞威尔斯诸公引向了孤立无援的境地。但同时，作者又满怀同情地描绘他，指出伊戈尔是与俄罗斯国家紧密联结在一起的。

伊戈尔的兄弟符塞伏洛德的形象，体现了英勇的俄罗斯军人最优秀的特征。像古代民歌中的勇士，伊戈尔的军队也同样有军人的美德，以战斗品质为荣耀。奥列格·斯维雅托斯拉维奇是王公叛乱的体现者和内讧的教唆者。基辅大公斯维雅托斯拉夫则是作者珍爱的形象，他是理想的王公的代表。伊戈尔的妻子雅罗斯拉夫娜，则是一个充满了诗意的形象，她的哭诉是史诗中最富有诗意的片段之一。

6. 《尼伯龙根之歌》

［德］佚名

▲ 书海导航

《尼伯龙根之歌》被称为“德国的《伊利亚特》”般的史诗，是中世纪德国一部伟大的英雄叙事诗。

伟大的德国诗人歌德自小就醉心于本民族的英雄史诗，而《尼伯龙根之歌》以铿锵的字句、豪迈的节奏，勾画出日耳曼人心目中英雄的形象，激荡着歌德的心灵，他感叹道：“《尼伯龙根》和荷马一样，是古典的，因为两者都是健全而有力的。”并且说，史诗中的男主人公就是“德国青年的代表”。

这部叙事诗约在1204年完成。至于它的作者，现在还没有确定。有人说是由住在巴伐利亚或奥地利的一位骑士诗人所作，也有人说它并不是出于一人之手，而是由许多歌谣凑集起来的一部集大成之作。即使是伟大的史诗，其命运也是多舛的，到16世纪以后，这部诗很长时间不为人所记忆。在沉睡了二百多年后，1757年，瑞士人俄贝莱特在瑞士的贺恩艾姆斯图书馆发现了古代抄本。以后陆续又发现其各种抄本约三十多种，其中十种是完整的，具有代表性的有三种。

在这部史诗完成时，正是基督教思想统治一切的时代，异教徒被排斥，甚至是彻底被弹压，许多有着异教思想的古代英雄史诗，都在基督教会的严格控制之下被扫荡无存，甚至跟宗教毫无关系的作品也被祸及。但《尼伯龙根之歌》在这种情况下，处处表现出“异教”的精神，“在他那儿还有一个难得看到的景象，/那儿并存着基督教和异教的信仰。/尽管他们每一个人遵守着自己的习俗，/国王对他们却一样赏赐，使人人心满意足。”

这部德国中世纪的宝贵文学遗产，永远是一颗璀璨的明珠，滋养着历代优秀的人物。马克思非常喜爱它，并将其奉为经典，常与荷马史诗、《堂吉诃德》、莎士比亚的戏剧、《一千零一夜》列在一起念给他的孩子听，可见其不朽的地位。

内容精要

古代尼德兰王国有位王子，名叫西格弗里特。王子非常勇敢，力大无穷，曾经杀死过一条恶龙，还用龙血沐浴，血到之处刀枪不入，如同坚甲。只是王子在沐浴时恰巧遇有一片菩提树叶飘落肩上，因此这一龙血未到之处便成为致他死命的薄弱环节。这位尼德兰的王子还征服并且占有了巨大无比的尼伯龙根宝藏。此外，他又在战斗中获得一顶隐身帽，只要戴上它，不但身体隐而不见，个人的力气还能增强很多倍。王子听说在布尔恭腾王国有一位公主克里姆希尔特貌似天仙，于是决意前去求婚。布尔恭腾的国王名叫恭特尔，乃是克里姆希尔特的兄长。他答应了西格弗里特的求婚，但必须以帮他办成一件事作为条件。原来恭特尔早想娶冰岛美丽的女王为王后，女王的名字叫勃吕恩希尔特。然而这位冰岛女王美丽却又凶狠，凡是向她求婚的人都必须与她进行类似今天田径运动的竞技：投枪、掷石和跳远。如在三样比赛中有一样不如她，不但求婚不成，还得赔上性命。恭特尔自知力不从心，便央求西格弗里特王子全力以赴帮助他。于是西格弗里特打扮成恭特尔的随从，前往冰岛。当恭特尔跟勃吕恩希尔特比赛时，西格弗里特凭借隐身帽的神力，暗中帮助了恭特尔，使恭特尔在三项比赛中皆获全胜。勃吕恩希尔特无可奈何，只得跟随恭特尔返回布尔恭腾王国。回国之后，勃吕恩希尔特和恭特尔，西格弗里特和克里姆希尔特双双成婚。可是在新婚之夜，冰岛剽悍异常的女王结结实实地吊打了恭特尔，把他捆绑着悬挂在墙上。次日，恭特尔不得不再度请求西格弗里特帮助。于是夜晚来临之时，西格弗里特戴上隐身帽潜入恭特尔的寝宫，帮助恭特尔制伏了勃吕恩希尔特，使勃吕恩希尔特成了恭特尔的妻子。从此，勃吕恩希尔特便失去了先前的凶残面目，成为一个温顺的妻子。当晚，西格弗里特顺手拿走了勃吕恩希尔特的一枚戒指和一根腰带，并将这两件东西交给自己的妻子克里姆希尔特保管。不久，西格弗里特带着克里姆希尔特回到了故乡尼德兰王国。12 年之后，他们又被邀请到布尔恭腾王国做客。一天，克里姆希尔特和勃吕恩希尔特一同去沃尔姆斯教堂作弥撒，因为在路上争谁走在先，两人发生了争吵。勃吕恩希尔特对克里姆希尔特说："家奴的妖精绝不应该走在一位王后的前面。"克里姆希尔特则回答："一位小妾如何成了堂堂国王的妻房?"勃吕恩希尔特气愤万分，决意向西格弗里特报仇雪耻。恭特尔的勇士、忠臣哈根立誓要杀死西格弗里特来为主人复仇雪恨，以表示他的忠心。哈根有一次偶然从克里姆希尔特那里得知了西格弗里特身上有致他于死命的地方。一次出征，因为不见敌人的踪影，出征变成了狩猎。西格弗里特去泉边喝水，哈根尾随其后，暗中刺杀了西格弗里特。西格弗里特的妻子克里姆希尔特非常伤心，立志为夫报仇。几年之后，克里姆希尔特被人说服，将尼伯龙根宝藏——她的结婚晨礼送到了布尔恭腾。哈根待宝藏送到之后，动用种种手段终于夺得了保管宝藏的钥匙，并最终将宝藏偷偷地沉入莱茵河底。后来，匈奴人国王埃策尔向克里姆希尔特求婚，使者答应婚后为克里姆希尔特排忧解难，克里姆希尔特这才答应再嫁。于是，克里姆希尔特动身前往匈奴人王国。她在匈奴人王国时刻思念着报仇，不知不觉在匈奴人王国也住了 12 年。一天，克里姆希尔特向埃策尔提出邀请她的兄长恭特尔和哈根等人前来王国做客。哈根接到邀请后立刻明白了克里姆希尔特的用意，便力图说服恭特尔不要前往，可是骑士的英勇气概又迫使他必须大无畏地前去冒险。于是恭特尔、哈根随带精兵万名，浩浩荡荡地前往匈奴人王国探亲。在匈奴人王国的盛大宴会上，竞技比武有意弄假成真，最后竟致流血激战。匈奴人和布尔恭腾人杀作一团，直到血流成河，尸横遍地，恭特尔和哈根均被匈奴人生擒活捉。克里姆希尔特本可把哈根杀死以报丧夫之仇，可是克里姆希尔特向哈根发问的第一句话却是，她的尼伯龙根宝藏现在何处，表示只要归还宝藏便可以让哈根生还布尔恭腾王国。哈根答道：只要他的君主恭特尔在世一日，他就不能说出宝藏所在。克里姆希尔特竟杀死了兄长恭特尔，并把首级向哈根出示。哈根看到恭特尔的首级后对克里姆希尔特说道：如今除了上帝和我之外，再也无人知道宝藏所在，你也休想再知道它的下落。克里姆希尔特见他抗拒，便愤而杀死哈根。在旁的勇士希尔德布兰特，目睹一个堂堂武士竟被女流之辈残酷地杀死，愤怒至极，于是他挺上一步，挥刀砍下了克里姆希尔特的首级。一部英雄传说便在遍地尸体的血泊中收场了。

▲ 欣赏与评析

史诗《尼伯龙根之歌》塑造了西格弗里特和哈根两个截然不同的人物形象。

主人公西格弗里特，本是四五世纪时的英雄，在这里按照中世纪的习俗，被改头换面为一个骑士。骑士要求出身于贵族，从小经过严格的训练，并且要举行过盛大的授称号仪式。他正是在父王的宫廷中度过了少年时代，又给他举行过极豪华的宴会和骑士授爵典礼。骑士要骁勇善战，对人热忱，忠于道义。他正是有四方之志，干了许多惊人的事业，做事光明磊落，大公无私，帮恭太王出战，不偏袒自己的妻子，而且他还善于谋略，是智勇双全的杰出人才。

和西格弗里特形成强烈对比的是哈根，阴险、毒辣、残酷、凶暴，一开始就对西格弗里特存着嫉妒之心，不怀好意。他曾说过："尼伯龙根的宝物都到了他的手里，哎！但愿有一天把这些财宝运到勃艮第！"可见他谋财害命的险诈伎俩。后来趁克里姆希尔特与勃吕恩希尔特不和，他就利用机会，布置阴谋，伪造消息，骗取秘密，以不光彩的手段杀死了英雄。他是中世纪臣仆的典型，是封建君主的忠实走狗。恭特尔继承了父亲的王位，虽为骑士却懦弱无能，假仁假义，正是封建社会里具有代表意义的封建主形象。

史诗还反映了12世纪时骑士和宫廷的生活习惯，许多诗句都是关于骑士生活的描写。关于骑士授爵典礼史诗这样写道："那时大家赞美天主，唱起弥撒的圣诗。/到处是人山人海的观众，拥拥挤挤，/因为给骑士封爵，这种骑士的大典，/这种无上的光荣，很不容易有机会看见。"关于骑士最爱好的娱乐——打猎和比武："他们把备好鞍具的骑马很快地牵出马厩。/在西格蒙特的宫中，进行着马上决斗；/在御苑和宫室的四周，听到一片响声。/勇猛的武士们光荣地发出嘶喊之声。"史诗这样描写骑士对妇人的殷勤："这一天许多年轻的武士全抱着那种心情，/希望自己能获得美貌的妇人的欢心；/哪怕为她放弃了江山，也在所不惜。/他们想要瞻仰丽人的心情是多么急切！"同时，对于当时宫廷生活的豪华奢侈，也有细腻的叙述，从衣饰、用具到宴会、婚礼，以及丧礼的排场，处处都看得出封建统治阶级的挥霍无度。

这部史诗原是用中古高地德语写成的。它具有特别的诗体，称为尼伯龙根诗节。原诗行文朴实，遣词精炼，读起来会使人有一种强烈的节奏感。海涅称赞说："《尼伯龙根之歌》具有伟大的坚强的力量，这部史诗所用的语言是一种石头的语言，那些诗句就好像是具有韵律的方石块。无论哪一处石缝里都涌迸出红色的花儿，就像是血滴一样，并且垂下长长的常春藤，就像是眼泪一样。"

7.《熙德之歌》

［西班牙］佚名

▲ 书海导航

西班牙人民长期和入侵的异族作斗争，尤其是和摩尔人的斗争持久而激烈。因此，在10世纪前后，就涌现出不少歌颂和异族斗争的英雄人物的史诗，但真正流传下来的并不多。盛行于12世纪的游唱诗，是一些不知姓名的游唱歌手的作品，也是西班牙最早用民间口语保存下来的文学创作。这些歌手到处流浪，在街头广场，酒肆旅店，以至于在贵族的城堡里鬻歌糊口。他们所唱的诗歌往往也就是他们自己创作的诗篇。游唱诗的写作是为了口头吟唱，因此要求顺口生动，并不讲究很严格的韵律，一般都是每行十六音节的押元音韵的诗句。演唱既无固定场所，而听众人物又十分庞杂。为了吸引听众的注意力，常常把若干重要段落重复吟唱，在主要的人名或地名后面常常加上一些特殊的修饰成分。

《熙德之歌》是流传至今的保存最完整的长篇纪功诗。作者不详，一般认为写作年代是在1140年至1157年之间，全诗共三千余行。这部不朽的诗作，主要是根据历史事实写成的。史诗所描述的人物和事迹都纯粹是西班牙的，它忠实地反映了当时西班牙的日常生活、风俗习惯和精神面貌。这部史诗是西班牙第一部用民间口头语写成的。在西班牙的文学史上具有不朽的地位。

▲ 内容精要

熙德受阿方索国王的派遣，向安达卢西摩尔人收取贡赋，那贡赋本来是摩尔人应该向卡斯蒂利亚交纳的。在收贡赋的过程中，卡斯蒂利亚的加尔西亚·奥多涅斯伯爵与熙德发生争执，打起仗来，结果被熙德俘获，囚禁在卡拉布城堡。熙德返回卡斯蒂利亚后，嫉妒他的朝臣们便开始谋划陷害他，向皇帝诬告他私自侵吞了大量贵重的贡品。国王听信奸佞小人之言，下令放逐熙德，命令他必须在九天之内离开卡斯蒂利亚，否则就要把他处死。熙德万般无奈，率领几个骑士向卡尔德尼亚进发，他的妻子和两个女儿就在那里的一个修道院避难。他到了卡尔德尼亚，会见了妻女。但九天的期限很快到了，他不得不忍痛和亲人告别。告别时，熙德向上帝祈祷，将来能让他亲自安排女儿的婚事以享天伦之乐。在他到达摩尔人的国境前，他梦见了天使加勃利埃耳，这位天使应允将保佑他终生无往而不利。摆在熙德面前的另一个迫切的问题是：在放逐期间如何维持自己以及他的部下的生活。为了生存，他们只能通过战争来获得生活必需品。熙德开始同摩尔人打仗时，由于力量薄弱，遇到的困难很多，要付出惨重的代价才能获取战利品。最初的几个战役，他们夺取了摩尔人占据的埃纳雷斯河沿岸的市镇卡斯特洪和哈隆河沿岸的市镇阿尔科塞尔等地。熙德把获得的战利品卖给当地的摩尔人，以换取必需的军费。接着，他们又深入转战在摩尔人统治的地方，使从特鲁埃尔到萨拉戈萨的整个地区都向他纳贡。同时，他派心腹部将阿尔瓦尔·法涅斯向阿方索国王赠送三十匹良马。然后，熙德向莫雷利亚山区及其邻近的地方前进。但这些地方受到巴塞罗那的一位伯爵的保护。于是他们之间发生了战争，伯爵被俘，但是三天后就被熙德慷慨地释放了。

《熙德之歌》接着叙述了熙德的女儿的婚礼。熙德从莫雷利亚山区又向地中海沿岸进攻。在卡斯特利翁和穆尔维埃德罗之间，攻占了一些城镇，最后占领了巴伦西亚城。塞维利亚的摩尔国王企图重新夺回这重要的城市，结果失败了。熙德从战利品中选出百匹骏马，派阿尔瓦尔再次向阿方索国王献礼，以便请求国王准许他的妻女来巴伦西亚相会。阿尔瓦尔·法涅斯顺利地完成了使命，将熙德妻女带回巴伦西亚，熙德全家重新团聚。为巩固在巴伦西亚的统治，在宗教方面，熙德任命文武双全的教士堂赫罗尼莫为主教。后来，摩洛哥国王尤赛弗来攻打巴伦西亚，也被熙德击败了。熙德又从战利品中选出两百匹骏马，派阿尔瓦尔·法涅斯向国王送上，这是第三次献礼。

熙德屡战屡胜，获得了大量的战利品，威名远扬。卡斯蒂利亚的朝臣们大都仰慕这位英雄，但曾被熙德打败的加尔西亚·奥多涅斯伯爵对他的妒忌也日益加深，他的亲戚卡里翁的两个公子则垂涎熙德的财物。主要出于图谋财富，卡里翁的两个公子费尔南多和迭戈央求国王做媒，向熙德的两个女儿求婚。他们约熙德在塔霍河畔会晤。国王宽恕并赞扬了熙德，两公子随同熙德去巴伦西亚举行婚礼。熙德本身并不赞成这桩婚事，只是碍于国王的情面才勉强答应了，因而他不愿主持婚礼。婚礼由国王亲自指定的代表阿尔瓦尔·法涅斯主持。

《熙德之歌》的最后一部分讲述了两个女婿的卑劣行径。那两公子既贪财又怯懦，熙德左右的人都把他们当做讥笑的对象，但熙德并不具体了解他们的丑行。两公子怀恨在心，策划以凌辱熙德女儿的暴行进行报复。他们伪称要携其妻子回卡里翁，熙德答应了，并送给他们一双宝剑，很多钱财和大批珍宝。虽然熙德不知是计，但在分别时一种不祥的预兆触动了他。他放不下心，就命其侄费利克斯·穆尼奥斯护送两个女儿。

两公子对熙德的两女儿下毒手完全是有预谋的。行至科尔佩斯橡树林中，他们叫穆尼奥斯及所有随从先行。然后，就剥去她们的外衣，直把她们打得半死才遗弃在林中，企图让猛兽恶禽吞食。幸亏穆尼奥斯早已怀疑两公子不怀好意，半路折返探视，及时救了他的堂姐妹。熙德得知此事后，就向国王控诉，国王在当时的首都托勒多召集所有贵族，亲自开庭审理此案。熙德当众宣布两公子的罪状时，那代拉和阿拉贡两个王子前来向熙德的两个女儿求婚，国王下诏准许再嫁。

决斗在卡里翁举行。熙德的三位骑士同两公子和他们的哥哥阿苏尔决斗。结果两公子及其哥哥都被击败并被宣布为背信弃义的人。熙德的骑士们凯旋归回巴伦西亚，全诗就在熙德女儿们的盛大婚礼中结束。

▲ 欣赏与评析

自从公元711年摩尔人大举入侵西班牙后，西班牙人民长期遭受异族的侵略、压迫和统治，西班牙民众和侵略者摩尔人之间的矛盾成了当时社会的主要矛盾。摆脱异族的欺压，争取独立自由，收复国土，统一祖国是西班牙人民的共同愿望。《熙德之歌》将主人公熙德作为杰出的民族英雄来加以歌颂，这充分反映了西班牙人民大众的感情和愿望。作为一名封建骑士，熙德远非完美无瑕（如他曾几次在摩尔国王的军队中服役；他也参与过诸侯之间的混战等），但英勇地抗击异族入侵，并取得辉煌的战果这一点毕竟是他一生事迹的主流，因而，人民群众将他看成英雄，看成是民族解放意愿的体现者，从而在人民中间出现诸多关于熙德的传说。

《熙德之歌》的作者融合了这些民间传说，突出了他英勇战斗、抗击异族入侵、收复国土的一面，将他塑造成反击侵略者的坚强战士和体现卡斯蒂利亚人民传统的忠勇精神的民族英雄。

《熙德之歌》在描绘主人公与国王阿方索的关系方面也体现了人民群众的思想感情。熙德是个忠臣，尽管遭到国王不公正的待遇——将他流放，但他对君王始终忠贞不二；后来占领了巴伦西亚，成了实际上的一方之主后，他仍然对阿方索忠心耿耿，俯首称臣。从历史的眼光看，熙德的忠诚完全和民众的愿望一致，因为在民众的眼里，国王是驱逐异族入侵者、统一祖国的领头人，只有诸侯藩臣忠于国王，君臣团结，才能战胜敌人。事实上，卡斯蒂利亚国王阿方索在领导民众抗击摩尔人收复国土方面确实起过积极的作用。因此，他们竭力颂扬忠于国王的臣属，而对窃据一方飞扬跋扈的封建贵族则深恶痛绝。另外，以阿尔瓦尔·法涅斯为代表的熙德手下的一大批部属对熙德的一片忠心，也同样体现了这种关系。史诗的作者还将忠勇双全的英雄人物熙德和以卡里翁两公子为代表的某些封建贵族的丑恶行为进行了鲜明的对比：熙德的忠勇、正直、慷慨、宽宏的性格受到了充分的赞扬，而卡里翁两公子等人的怯懦贪婪、奸诈残暴受到了无情的揶揄和揭露。

《熙德之歌》从艺术角度看是一部贯穿着现实主义精神的作品。它不仅描写人物异常生动真实，具有典型意义，而且还如实地反映了西班牙当时的日常生活、风俗习惯和人们的精神面貌。作品的语言淳朴自然，笔法简练生动，许多场景，寥寥几笔，便形象地展示在眼前。

就语言艺术而言，《熙德之歌》作为西班牙文学史上的早期作品，和当代的作品相比，不免显得有些粗糙。上文已讲到，它是游唱诗。游唱诗的写作是为了进行口头吟唱，因此，主要要求顺口动听，并不太注意韵律，每行的音节也不固定，有时相差很大。由于演唱没有固定的场所，听众十分庞杂，秩序又不好，演唱者为了将故事的情节交代清楚，常常将某些重要的段落重复吟唱。这都是游唱诗的基本特征。

8. 《玫瑰传奇》

［法］纪尧姆·德·洛里斯、让·德·墨恩

▲ 书海导航

在中世纪的欧洲，教会和封建贵族一样，一直占有着巨大的社会财富。教会在宣扬清贫是美德的同时，自己却日益加剧攫取社会财富的活动。在13世纪的时候，佛朗西斯教派是其典型代表，该派教士托钵乞食，又称托钵僧，又因他们用草绳系住粗布长袍，亦称草索僧。他们在朴素外表的掩护下，既拥有教会财产，又通过“乞食”敛取大量布施，变得愈加富有。圣庙骑士团的僧侣还以高利贷者的面目出现。社会财富不断流入教堂和修道院，并被积累起来，这不但使国王感到财政困难，更加深了人民的贫困。针对这样的社会状况，产生了很多矛头直指教会的文学作品，《玫瑰传奇》就是反映这一主题的代表作品。

《玫瑰传奇》成书于卢瓦尔河地区，当地盛产玫瑰，因而得名。这部长诗约有八音节诗二万二千余行，可说是中世纪后期最流行的一部作品。《玫瑰传奇》由两部分组成，第一部分是纪尧姆·德·洛里斯在13世纪20年代所写，共4300行。第二部分是让·德·墨恩在13世纪60年代所写，共18000行。而作为市民文学一部分的

《玫瑰传奇》，实际上只指的是叙事诗的第二部分。

以让·德·墨恩的续作为主体的《玫瑰传奇》在中世纪有广泛的影响。它是法文抄本最多的一部中世纪作品。在13世纪时，就出现了不同的译文版本。15世纪初，围绕《玫瑰传奇》展开了长达三年之久的论战。以巴黎大学主事瑞松为首的教会反动势力攻击《玫瑰传奇》第二部是缺少道德观念的，主张将它毁掉。而人文主义者们则坚决维护让·德·墨恩的续作。此番论战足见作品影响之深、魅力之大。

◇ 作者档案

《玫瑰传奇》第一部分作者纪尧姆·德·洛里斯，相传是一位传教士。

13世纪20年代，这部叙事诗还没有写完，洛里斯就去世了。让·克洛比奈尔，又名让·德·墨恩，13世纪60年代，让·克洛比奈尔将其完成。一个生在罗亚尔河上的有产者。让·德·墨恩是位学识渊博的人，不但精通拉丁文，而且熟知中世纪大师们的作品。让·德·墨恩在作品中揭露形形色色的迷信，对各种在中世纪的人们看来是超自然的现象，他都要作出现实的解释。让·德·墨恩在自然哲学上追随亚里士多德，在伦理学问题上追随柏拉图。很明显，熟悉古代思想家并没有妨碍让·德·墨恩对中世纪哲学家们怀有深深的敬意。人们常常称让·德·墨恩为“中世纪的伏尔泰”，可见他在法国思想发展进程中的作用之大。

▲ 内容精要

《玫瑰传奇》全诗分为两部分：第一部分共4300行，主要描写“骑士”追求“玫瑰”而不得的故事。在诗中“玫瑰”代表少女，作者用隐喻手法使原本内容缺乏新奇的长诗增添了一层浪漫与神秘的色彩，从而为后一部的写作打下了良好的基础。

诗的第二部分长达17000多行，主要描写骑士很竭尽全力，费尽苦心去争取“玫瑰”的欢心，其中包括以“财富”为手段。功夫不负有心人，“骑士”最终得到少女的芳心。这一部分着重强调“理性”的地位，诗中人物经常发表议论，揭露教会的贪婪，抨击特权阶层，讽刺唯利是图的上层市民等等。并且在这一部分中新增添了“自然”和“伪善”两个角色。

第二部分（节选）

但总有一天都会凋零，
花蕾却又嫩又鲜，
起码能保持二至三天。
我觉得最美的还是花蕾，
世上没什么能与之媲美；
如果人们能够得到，
真应该爱之如宝。
假如我也能有，
此生我将别无他求。
花蕾中有一个特美，
美得使别的花蕾。
全都失去了价值。
我仔细端详它时。
发现它色泽鲜艳、
真纯，红得耀眼，
堪称是天下一绝。
它有四对绿叶，
排列得那么别致，
简直是自然的奇迹。
花茎笔直，如同芦苇，
上面结着花蕾，
一点不斜，一点不弯。
它的芳香，四处扩散：
它散发出来的香味。

弥漫在我的周围。
当我闻到这股香气，
我便再也不想远离，
如果我敢伸出手去，
我会向前把它摘取。
可又尖又刺的茎秆。
使我离它站得远远，
荆棘长满尖刺，
荨麻刺儿锋利，
……
我不敢越雷池一步，
因为我不想自找痛苦。
爱神他，带着箭和弓，
一直都想跟踪
和监视我，他在一株。
无花果树旁停住；
当他发现我看中了。
尚未盛开的玫瑰花，
它讨我欢心和欢喜，
胜过别的任何东西，
便立即拿出箭来，
把箭轻轻地搭在
弦上，把弓一直弯至。
耳边，使尽全力，
然后，准确而熟练，
猛地把箭射出，箭。
穿过眼，落我心中……

▲ 欣赏与评析

《玫瑰传奇》作为市民文学，只指让·德·墨恩写的后半部分，这部分非常庞大，共有一万八千行诗。他依旧采用洛里斯的形式和风格，没有脱离古老的宫廷叙事诗的形式。但两部分的思想倾向、社会意义都完全相反，这是因为他们关于“爱的艺术”的观点截然不同。洛里斯宣扬的是虚伪的贵族典雅爱情，而墨恩的续作则超越了爱情和婚姻的主题，涉及许多现实的重要问题，其题材已不再限于纯粹的爱情故事了。

为了广泛地在作品中表达市民阶级的社会政治观点，让·德·墨恩创造性地设置了两个角色——“自然”和“伪善”，并大大提高了第一部分中稍纵即逝的“理性”的地位。它们在故事的进行当中，经常发表议论，从而行使社会政治观点代言人的角色。为了采摘到玫瑰花，“伪善”认为用什么手段都可以。“自然”、“智慧”同意它的看法，“理性”却表示反对。“理性”并非出于对妇女的尊敬而持异议，它仅仅认为：人们不必为这区区小事而自寻烦恼。后来，作者笔锋一转，离开主题去抨击妇女、教士、国王和私有制。最后“伪善”落荒而逃，人们面前展现出一片美丽的图画。

作者对教士们用各种手段骗取财富的斥责，也多是借诗中的角色来表达的。在解放“玫瑰”的战斗中，“伪善”请求加入“爱情”的部队，“爱情”要它先作忏悔。“伪善”承认自己就是教会的化身：

欲认识“伪善”的诸君。
可往尘世、寺院找寻；
我不会在别处居往。
但更爱在教会安身。

“自然”也加入了对教会的声讨。它认为，既然教会霸占着文化教育的特权，教士们能够通过书本明了罪恶，他们在道德方面的堕落是不可饶恕的：那缺乏美德的教士，比俗人更一钱不值。他们知善拒而不为，却蓄意做邪恶之事。

《玫瑰传奇》第二部是市民文学的重要成就，是欧洲最早反映出资产阶级人文主义思想萌芽的作品之一。当“爱情”率领所属部下为解救“玫瑰”酣战之际，“自然”与其司祭进行了学识广博的长谈。他们认为，王公也并不是很尊贵的，一定要劳动天上的星辰为他们报丧。与农民、书生、马夫相比，王公的身价没有两样。高矮胖瘦或许有区别，但出生的时候都是一样的。可见作者让·德·墨恩对封建贵族的抨击是毫不留情的。《玫瑰传奇》批判了以出生决定贵贱的血统论，表达了市民阶级要求取消封建贵族特权的强烈愿望——“若无优良道德品质，门第高贵分文不值。”

《玫瑰传奇》也没有放过富有的上层市民阶级，并对高利贷者和商人进行诅咒。借“自然”之口，指出商人即使有再多的钱也不会幸福，因为贪欲会折磨他们的灵魂，让他们不得安宁。而高利贷者最终会被财富的三把利剑所杀死：敛财的艰难、失窃的恐慌和破产的幻灭。

9.《变 形 记》

［罗马］奥维德

▲ 书海导航

《变形记》是公认的古罗马诗人奥维德的杰作，也是他一生中最为辉煌的成果。此诗初创于公元 8 年，诗人采用古典诗中常见的六韵步行诗。全书共分十五卷，汇集了约二百五十个希腊罗马神话故事，不愧为希腊罗马神话故事集的瑰宝。

《变形记》气势宏伟，布局巧妙，诗人以高超的艺术手法将二百多个古代故事联结为一个有机的整体，以“变形”巧妙地展开故事情节。如朱庇特变成白牛，那喀索斯化身水仙，恺撒变为星辰等。这既体现了古希腊哲学家毕达哥拉斯的灵魂转移理论，又反映了卢克莱修一切都在变化的唯物论思想。“一切事物只有变化，而无死灭”，“事物绝不会永保同一形态”。

为创作这部大型诗作，诗人奥维德呕心沥血，广泛搜集素材。诗人收入了许多广为流传的民间故事及为人熟知的神话故事，并进行艺术加工，将他们生动形象地展现在读者面前，如伊阿宋夺取金羊毛、弥达斯点物成金等故事。

《变形记》表现了诗人高超的诗歌叙述才能和技巧。在《变形记》全诗中，我们可以看到不同体裁类型的叙述风格，有英雄史诗式的、有田园诗式的、有哀歌式的、有戏剧对驳式的、有颂辞式的等。

◇ 作者档案

奥维德，于公元前43年出生在罗马东南约九十公里的苏尔摩。奥维德的家庭属古老的骑士阶层。他很早便被父亲送到罗马接受教育。他大概在十七岁时曾经按照当时的风俗，前往希腊学习和旅游，去过小亚细亚，返回途中曾在西西里岛逗留较长的时间。奥维德返回罗马后，担任过一些低级的社会公职。他很早就喜欢上了诗歌，而且有不解之缘。

奥维德的第一部诗集是《恋歌》三卷，诗歌以爱情为题材，语言优美，格调轻松，因而很受欢迎，被广为传诵。接着诗人写了书信体诗集《烈女志》，虚拟古希腊罗马神话传说中的著名女性给丈夫或情人的书信，抒发幽思之情，指责对方变心，背信弃义，或希望重新和好。诗人的第三部诗集是《爱的艺术》，这是一部对严肃的学术著作的戏拟性作品。

后来诗人放弃了写作虚构的爱情题材的诗歌，而是利用他所熟悉的古希腊、罗马神话传说和罗马本身的历史、宗教传说和知识等，创作长诗《变形记》和《岁时记》。

公元8年奥维德创作了他最重要的作品《变形记》。此后又创作诗歌《哀歌》五卷，《书札》四卷，还写了一些其他诗歌。

▲ 内容精要

世界原是混沌一片，神把杂乱无章的混沌变成井然有序的宇宙，然后把宇宙分成水、陆、空气、天穹、星辰等各个部分，普罗米修斯创造了擅长思维的人类，先后经历了黄金时代、白银时代、黄铜时代和黑铁时代，尤皮特统治天上和人间。

以尤皮特为首的诸神的传说，是以尤皮特驱逐其父萨图尔努斯，取得对神和人的统治权开始的。在时代更替过程中，天神之间也曾发生争斗，尤皮特战胜巨怪，保住了对神界和人间的统治权。在人间，战争、阴谋、凶杀不断，世风日下，尤皮特决定用洪水淹没世界，惩治人类。当大地变成一片汪洋的时候，只有虔诚的丢卡利昂及其妻子得以保全生命。他们等洪水退后，抓起地母的骨头——泥土往下掷，地上立即长出了新一代的人类。

丰饶的大地哺育着人类，大地的湿热也孕育出一种巨蟒。日神阿波罗在皮提亚将巨蟒射死，从此开始了皮提亚竞技会。阿波罗瞧不起小爱神库皮德的箭矢，受到库皮德的报复。库皮德连射两箭，一支射中阿波罗的心窝，在他心中燃起爱情烈火，一支射中大河神珀纽斯的女儿、美丽的达佛涅，把她心中的爱情全部驱散。阿波罗对达佛涅爱慕不已，达佛涅则极力回避阿波罗的追求，最后变成一棵桂树。日神之子法厄同为了证明自己的确是天神的儿子，执拗地要求驾驶太阳车，结果闯了大祸，把大地烤焦，使海洋枯竭，利比亚变成沙漠，尼罗河水向北倒流。

尤皮特千变万化。他以不同的形象出现，和神女、凡女往来。他变成白牛拐走欧罗巴，化作金雨去会达娜厄，他变成天鹅欺骗勒达，他还引诱了卡利斯托，把后者变成大熊星座。在尤皮特的这些行动中，他的儿子麦丘利始终是他的信使和助手。麦丘利曾经用美妙的芦笙音韵和娓娓动听的故事使看守伊奥的百眼巨怪昏昏欲睡，乘机割下它的脑袋，解除了伊奥的苦难。

狄安娜是狩猎女神，曾经把无意中闯进她的山洞，碰见她正在沐浴的阿克泰昂变成麋鹿，让他被自己的猎狗疯狂地撕成碎片。神后尤诺一向以好嫉妒著称，她对丈夫尤皮特的活动总是满心疑忌，严密防范，残酷报复。她曾经因为嫉妒尤皮特对塞墨勒的爱情，阴险地用尤皮特的雷火把塞墨勒烧死。她曾经逼死酒神的婶母伊诺，把不支持自己看法的神卜忒瑞西阿斯变成瞎子。

纳尔克索斯是个风度翩翩的青年，但他生性固执傲慢，谁也打动不了他的心，活泼的回声姑娘就是因为遭到他的拒绝，悲伤得消失了形体。纳尔克索斯的傲慢终于受到了报复：有一次，他忽然爱上了自己在湖水中的影子，在他久久匍匐的地方长出了一棵白瓣黄色的水仙。

酒神是欢乐之神，但生性凶残。他不允许凡人蔑视他的威力。他把波奥提亚的弥倪阿斯的女儿们变成蝙蝠，因为当别的妇女都去欢庆酒神节的时候，她们却坐在家里纺织，讲关于皮拉摩斯和提斯柏两人相爱的故事消遣。酒神还把不信奉自己的彭透斯撕成碎片。

像神后尤诺一样，其他女神也都心怀嫉妒。文艺女神把轻视自己的珀洛斯的女儿变成喜鹊；弥涅尔瓦把精于纺织、不肯慑服于她的阿拉克涅变成蜘蛛；尼奥柏因有七男七女，蔑视只有一男（阿波罗）一女（狄安娜）的拉托娜，拉托娜便让阿波罗和狄安娜用箭把尼奥柏的女儿一个个射死，尼奥柏痛苦得不断哭泣，变成一座永远滴落泪珠的石像。

在英雄时代，尤皮特和达娜厄生的儿子帕耳修斯在弥涅尔瓦等神的帮助下，杀死美杜莎，在埃塞俄比亚救了安德洛墨达；伊阿宋率领希腊各路英雄，前往黑海岸边的科尔克斯，在美狄亚的帮助下夺得金羊毛，后来美狄亚杀死自己同伊阿宋生的两个儿子，惩罚伊阿宋的背信弃义；特柔斯乱伦诱奸妻妹，结果遭到惩罚；雅典的提修斯前往克里特岛，在阿利阿德尼的帮助下杀死食人怪物弥诺牛；著名巧匠代达罗斯用蜡和线串联羽毛，做成巨翅，从空中逃脱克里特王弥诺斯的羁绊；墨勒阿格罗斯的母亲报复儿子杀死舅舅，燃尽儿子的生命之炭；功名显赫的赫拉克勒斯射死对妻子无礼的马人，结果自己死于蘸有马人毒血的衬衣；古代著名歌手奥尔浦斯弹着竖琴前往冥间，急切希望领回自己亡故的妻子；贪婪的弥达斯请求酒神传给他点金术，成了世界上最富有的人，但同时又陷入无比的痛苦，因为所有的东西经他一摸，全都立即变成金子，使他无食充饥，无水解渴，只好再次求神给他解脱灾难。

阿波罗和海神一起建造了特洛亚城。特洛亚王子帕里斯拐骗走了希腊美女海伦，引起希腊人对小亚细亚的远征，双方苦战九年：帕里斯用箭射死阿喀琉斯，菲洛克特忒斯又用赫拉克勒斯的箭将帕里斯射死。特洛亚陷落，普里阿摩斯王朝倾覆。

普里阿摩斯远族王子埃涅阿斯背父携子，逃离熊熊燃烧的特洛亚，经过长期漂泊，来到意大利，在台伯河河口登陆，受到国王拉丁努斯的热情接待，与当地的部落首领图尔努斯王发生战争，结果埃涅阿斯获胜。埃涅阿斯死后被封为神，他的后代罗慕卢斯建立了罗马城。罗慕卢斯死后，罗马王位一代代相传，国富兵强，威震四方，一直到恺撒和奥古斯都建立幅员辽阔的罗马帝国。

▲ 欣赏与评析

《变形记》是古希腊、罗马神话传说的大总汇，全诗十五卷，规模宏大。变形是这些故事的共同特点，故事中的人物由于某种原因变成鸟兽、花木、草石等，书名即由此而来。古希腊、罗马神话传说的材料非常丰富，奥维德从中选择了那些最富有感染力的故事进行叙述，对他所选择的材料都进行认真的加工，精心地进行组织和安排，把它们纳入一定的体系。故事之间的联系有时尽管是非常表面，但仍显得自然。诗人采用的手法多种多样。除了按时代顺序组织材料外，诗人有时按内容进行《变形记》分类，例如把关于赫拉克勒斯传说，关于阿尔戈船英雄传说，关于埃涅阿斯的传说等，归集到一起。诗人有时则是按材料的相似性归类，分别进行叙述，有时则是借故事中的人物叙述相关的故事，许多小故事则是在主要叙述中有所涉及时顺便提及，使得整个叙述既结构严谨，又轻松动人。

诗人也汲取了前人创造的成果，加之自己丰富的想象力和天才的创造力，使古老的故事重放异彩。如描写刻宇克斯和阿尔库俄涅的故事。刻宇克斯本是色萨利的国王，阿尔库俄涅是他的妻子，双方情意缱绻，后来刻宇克斯出海遇难，而对此一无所知的阿尔库俄涅仍终日为其祷告，祈盼其平安归来。朱诺不忍阿尔库俄涅受此煎熬，派人托梦与她，告知其夫亡故之事，阿尔库俄涅悲痛而死，怜悯的神将他们夫妻二人都变为了翠鸟。最早记述这个故事的就是古希腊的赫西俄德。这对夫妻因对天神宙斯和赫拉不敬，招致惩罚，被宙斯变成彼此分离的鸟。后来有人引用了这一故事，引申了两人的爱情故事，使其成为一部爱情悲剧，而诗人则主要是以科洛丰的尼坎德罗斯的变形记为蓝本，用三次变形将这几个互不相干的故事统一起来，重现了一个生动优美的英雄故事。

在《变形记》中，对于人人敬畏的神明，奥维德却采用了大不敬的原则，这是非常难得的。在《荷马史诗》或古代的神话诗歌中敬神的思想是根深蒂固的，就连奥维德同时代的维吉尔也如此。因为神是统治阶级的象征，对神的亵渎或许就是奥维德遭逐的原因之一。公元7年奥维德被逐至托米，此前《变形记》已完稿，但诗人立即将书稿焚毁，因有抄本，这部伟大作品才得以流传于世，不过诗人对自己的这部作品也是十分满意的，在《变形记》的结尾中他书写道："现在我已完成了我的作品，任凭朱庇特的狂怒，任凭火与剑，任凭时光的蚕食，都不能为之奈何。没有什么力量可以拯救我的躯体，死期愿意来就请它来吧，来终结我这飘摇的生命。但是，我的不朽的一部分，将与日月齐辉。罗马人的征战到哪里，我的作品就会在哪儿被人们世代传诵。如果行吟诗人的预言不爽，我的声名将千古流传。"

不过在认可《变形记》魄力的同时，歌德在《诗与真》中也指出了《变形记》的不足："我竭尽全力想要卫护我心爱的作家（指奥维德），我说对于一个富有想象力的青年来说，与天神或半人半神的人物在欢乐祥和的环境里游荡，亲眼目睹他们的行为与恋情，是最有趣的事情……然而有人（德国批评家赫尔德）不承认。他说一切一无可取，那些诗人找不到真正的、第一手的真实，既无希腊又无意大利，既无原始世界又无文明世界，从头至尾只是沿袭旧的东西。"

但奥维德的伟大之处正在于他虽不相信这些故事曾经发生过，

但却生动形象地将人物描绘得有血有肉、爱憎分明，仿佛他们真的存在过一样。因而柯勒律治称此为“连自己都不相信的悬疑法”。

10.《埃涅阿斯纪》

［罗马］维吉尔

▲ 书海导航

《埃涅阿斯纪》故事来源于意大利的民间传说、罗慕洛建立罗马城的传说和披拉斯乔侵入意大利的传说。古代罗马文化是在希腊文化的影响下发展起来的，所以许多罗马著作都受希腊文化的影响，《埃涅阿斯纪》也不例外。这部作品实际上模仿了“荷马史诗”。

《埃涅阿斯纪》描写特洛伊王子埃涅阿斯在特洛伊灭亡后到意大利建国的英雄传说。很显然，英雄埃涅阿斯身上隐现着现实生活中的屋大维的影子，因为在某种程度上，这也是一部讴歌罗马帝国艰苦创业的鸿篇。公元前26与25年，屋大维在西班牙出巡时曾两次写信给诗人，索阅已写成部分，但维吉尔都未首肯。公元前23年，诗人曾向屋大维和屋大维娅朗诵过一部分。经过十年的潜心创作，史诗初稿基本完成。这首先是一部民族的史诗、爱国的史诗，然后才是一部文学成就可和希腊史诗相比拟的罗马史诗。奥古斯都器重它的也正是这一点。由于这是一部“文人史诗”，写作的时候就不必亦步亦趋追随于荷马，反而能广采博收，更见综合开阔之效。对奥古斯都时代的罗马人来说，这样庄严的创作意图足以反映罗马帝国统御天下的雄姿，这已基本上决定了罗马人在文学上的成功。

诗稿基本完成后，诗人还准备用整整三年时间进行修改。可是诗人不幸在出外考察学习时染病身亡。朋友将其遗稿编辑整理后公布于世。《埃涅阿斯纪》现存十二卷，是一部首尾俱全的完整的史诗。

《埃涅阿斯纪》是时代的产物，是罗马民族的史诗。全诗情节动人，故事性强，语言凝练，在古代即获得高度赞誉。《埃涅阿斯纪》作为欧洲第一部杰出的文人史诗，曾经对后代欧洲的史诗发展产生过不小影响，文艺复兴以后，它被译成各种欧洲文字，出现过不少模拟作品。

◇ 作者档案

维吉尔·普布利乌斯·马罗（公元前70年—公元前19年），古罗马诗人，出生于意大利北部曼图亚附近的安得斯村。维吉尔曾到罗马学习修辞学，不久改学哲学，并学过数学、医学。据推测维吉尔可能是公元前44年恺撒遇刺前后回到故乡的。回乡后他从事农业，同时写诗。

维吉尔正式发表的第一部诗集是《牧歌》。《牧歌》的发表显露了维吉尔的诗歌才能，引起了屋大维的文化助手迈克那斯的注意。迈克那斯在罗马赠给他一座小宅邸，此后维吉尔便离开了故乡，主要在南意大利和西西里度过了自己的后半生，间或居住于罗马。

从公元前29年起，维吉尔开始写作长诗《埃涅阿斯纪》，历时十载，辞世前完成初稿。

▲ 内容精要

《埃涅阿斯纪》这部史诗共12卷，分前后两部分，叙述特洛伊被希腊人攻破后，王子埃涅阿斯得到神的庇护逃了出来，带领幸存的特洛伊人自意大利迁徙。他们在海上漂流七年后，遇风暴受阻，船队转向利比亚海岸的迦太基，受到迦太基人的热情欢迎。

在欢迎宴会结束时，埃涅阿斯在人们的劝说下讲述了他所经历的惊险事件。在奉爱神以维纳斯之命变成埃涅阿斯的儿子阿斯长尼俄斯的爱神丘比特帮助下，迦太基女王狄多爱上了埃涅阿斯。埃涅阿斯在迦太基度过了冬季，并且享受着狄多女王的爱慕之情。但到了春天，在丘比特神的劝告下，他意识到自己建国兴邦的重大责任，终于下决心离去。当他开船时，悲伤的狄多自杀殉情，火葬她的柴火之光，从远处的海上都可以见到。

当船队再次到达西西里海岸时，由于妇女们对丧失安喀塞斯（埃涅阿斯之父，在船队逃出特洛伊城到达西西里时去世）的领袖感到悲痛，并在朱诺的煽动下烧了船。受神支持的埃涅阿斯吩咐他的人修复了被烧坏的船。特洛伊人再次起航。最后，他们到达意大利海岸以西比尔闻名的库麦。先知西比尔和埃涅阿斯父亲的亡灵分别向他预言了罗马国家辉煌的未来。埃涅阿斯受到很大鼓舞，决心顺从天命开创基业。特洛伊人再次沿意大利海岸线航行，到了由拉丁努斯统治的拉丁姆，在神谕提醒下，拉丁努斯决定把自己的女儿拉维尼亚嫁给埃涅阿斯，受到拉丁英雄图努斯妒忌，因而在拉丁人中煽动了叛乱。埃涅阿斯得到一些拉丁人和埃鲁里尼亚军队的支援，在诸神的注视下，与图努斯血战台伯河畔，赢得了最终的胜利。他娶拉丁王的女儿为妻，终于创立了自己的王国；成为罗马王族的祖先。

▲ 欣赏与评析

《埃涅阿斯纪》的主题是关于一个伟大帝国的命运问题，中心是强调帝国的光荣是神意注定的结果。诗人歌颂了罗马的祖先建立国家的丰功伟绩。歌颂了罗马的光荣，并把罗马称霸世界的原因归结为神灵的意志。因此，作者特意安排伊尼亚斯游历可怖的地狱，借其亡父之日，宣扬罗马帝国万世不拔的基业。同时，为了给现世的罗马统治者屋大维罩上神圣的光环，作者把伊尼亚斯的儿子写成恺撒和屋大维的祖先，并宣称他们将把权力推向“八荒八极”，重现“黄金盛世”，从而为屋大维的统治制造了正统的光辉。《埃涅阿斯纪》宣扬了罗马民族的自豪感和爱国精神，特别强调了罗马建国的艰辛和来之不易，告诫人们要珍视帝国的和平，表现了作者强烈的爱国精神。

《埃涅阿斯纪》塑造了一个伟大的伊尼亚斯的英雄形象。伊尼亚斯是一位具有高贵品质的英雄。因为他是罗马帝国的开创者，所以作者特意把他塑造成一个理想的政治领袖的形象。在战争中，他勇敢无畏，敢于接受任何人的挑战；在待人处世上，他公正仁慈，诚恳大方，深受人们的喜爱；而且懂得克制自己的感情，是欧洲文学史上第一个理性重于感情的形象。《埃涅阿斯纪》文体风格严肃细腻，开创了欧洲文学史上第一部“文人史诗”的先河。虽然有模仿“荷马史诗”的成分，但在语言上，它具有自己独特的风格，完全是由维吉尔在书斋中创作出来的，据说，维吉尔对《埃涅阿斯纪》的遣词造句极为讲究，一天只写三行诗。所以《埃涅阿斯纪》的语言严肃、哀婉、细腻，朦胧感十足。例如，作者在描写狄多和图尔努斯死的时候，笔触就极其细腻，用深入的心理刻画表现了人物的情感。

史诗采用了大量的比喻来表现人物性格和故事情节。例如，把杀死特洛伊老王的皮洛斯比做春天里吐着舌头、试图攻击的毒蛇；把在空中疾飞的长矛比做黑色的旋风，在空中呼啸着，射向敌人。

所有这些比喻为严肃的诗歌主题增添了许多生动之处。

11.《神　曲》

［意］但丁

▲ 书海导航

《神曲》是意大利文艺复兴时期诗人阿利盖利·但丁的长诗，是一部最早提出人文主义思想的艺术作品。14 世纪初，意大利还处于分裂状态。意大利人民渴望祖国和平统一，大家都能安居乐业。诗人但丁“要使生活在这一世界的人们摆脱悲惨的遭遇，把他们引到幸福的境地”，想寻找意大利民族的出路，实现人民渴求祖国统一，人人安居的理想和愿望，写下了《神曲》这首长诗。

在欧美文学史上，《神曲》是继荷马史诗后的又一部里程碑式的作品，也为诗人但丁赢得了不朽的声誉。《神曲》原名“喜剧”，这是因为它的结局是幸福美满的，因而符合中世纪对“喜剧”这一概念的理解。1555年，薄伽丘为了表示对这部巨著的崇敬，又给它加上了“神圣”两个字，意指长诗主题的深不可测和意境的崇高巍峨，中译本将其译为《神曲》。

《神曲》采用中世纪文学特有的幻游形式，但丁以自己为主人公，假想他作为一名活人对冥府——死人的王国进行了一次游历。

《神曲》是一部“俗语”长诗，全篇均用通俗的意大利语三行诗体写成。根据诗人幻游三“冥界”的描写，分为《地狱篇》、《炼狱篇》和《天堂篇》三部分，象征着神圣的“三位一体”。每部分由三十三个篇章组成，与基督在尘世生活的年岁恰好相等。在第一部分《地狱篇》前又加上一个序曲，正好凑成一百篇，象征完美。

◇ 作者档案

意大利诗人但丁（1265—1321），欧洲由中世纪过渡到近代资本主义时期的文学巨匠、意大利文艺复兴的先驱。1265年5月，但丁诞生在意大利佛罗伦萨一个贵族家庭里。据但丁在《神曲》里透露，他是古罗马人的后裔。

但丁少年时生活清苦，把全部精力倾注于学习，得到大学者拉丁尼的指导，后来又勤奋自修，对于拉丁文、诗学、修辞学、古典文学、伦理学、哲学、神学、历史、天文、地理、音乐、绘画无不潜心研究。他攻读荷马、维吉尔、贺拉斯、奥维德的诗卷，在“智慧的海洋”里汲取丰富的养料。青年时期的但丁还积极参加佛罗伦萨的政治活动，还曾经参加过粉碎基白林党的冈巴地战役。1302年，他因为反对教皇及其在佛罗伦萨的追随者干涉城邦内政，被判没收全部家产，终生放逐。在此后的近二十年里，但丁虽然也做过多次努力想重返故里，但都没有成功，最后客死他乡。大约在1370年，在流亡生活最痛苦的时候，但丁开始了《神曲》的创作，这是他长期酝酿和构思的一部巨著，也是他最重要的一部代表作。

▲ 内容精要

但丁在“人生旅程的中途”，即1300年4月7日、但丁35岁那年的复活节时，偶然迷失于一个黑暗的森林。他竭力寻找走出迷津的道路，黎明时分来到一座撒满阳光的小山脚下。他正一步步朝山顶攀登，忽然三只猛兽（分别象征淫欲、强暴、贪婪的豹、狮、狼）迎面扑来。但丁高声呼救。这时，古罗马诗人维吉尔突然出现了，他受贝阿德丽采的嘱托前来帮助但丁走出迷途，并引导他游历地狱和炼狱。

地狱共分9层，形似一个上宽下窄的漏斗直达地心。罪人的灵魂按生前罪恶的大小被发配到不同的狱层，接受不同的刑罚，罪行愈大者愈居于下层。其中第一层是候判所，那些生于基督之前，未能接受洗礼的古代异教徒，在这里等候上帝的审判。在其余八层，罪人的灵魂按生前所犯的罪孽（贪色、饕餮、贪婪、愤怒、信奉邪教、强暴、欺诈、背叛），分别接受不同的严酷刑罚。但丁按照基督教的观点，把贪色、贪吃、易怒和邪教徒看作是严重的罪犯，让他们在地狱中受苦，但他更把那些社会上各种作恶的人放在地狱的下层，如第八层里受罪的是淫色者和诱奸者、阿谀者、贪官污吏、买卖圣职者、占卜者、高利贷者、伪君子、盗贼、诱人作恶者、挑拨离间者、诬告害人者、伪造者以及罗马教皇。在第九层受罪的则是叛国卖主的人，他们是但丁最痛恨的人。

游完地狱，维吉尔带着但丁通过地心，顺着盘旋曲折的岩洞小径，走出地球，到了净界山下。这座高山直矗在海面上，是炼狱所在。炼狱（又称净界）共七级，加上净界山和地上乐园，共九层。生前犯有罪过，但程度较轻，已经悔悟的灵魂，按人类七大罪过（傲慢、忌妒、愤怒、怠惰、贪财、贪食、贪色），分别在这里修炼洗过，而后一层升向光明和天堂。途中，但丁看到各种罪恶一一被净化：例如在第二层犯了羡慕他人之罪者，被用铁线缝上双眼；第六层犯了口腹之欲的罪犯，他们眼前会出现许多美食、水果之幻影然后又趋于消失。在净界山顶的地上乐园，维吉尔隐退，圣女贝阿德丽采出现。

贝阿德丽采责备但丁迷误在罪恶的森林，希望他忏悔，并让他观看表示教堂种种腐败的幻景，饮用忘川水，以遗忘过去的过失，获取新生。随后，贝阿德丽采引导但丁游历天堂九重天。这里是幸福的灵魂的归宿：他们是行善者、虔诚的教士、立功德者、哲学家和神学家、殉教者、正直的君主、修道者、基督和众天使。在九重天之上的天府居住着上帝和在天国享福的灵魂，但丁得见上帝之面，但上帝的形象如电光之一闪，迅即消失，于是幻象和《神曲》也戛然而止。

▲ 欣赏与评析

《神曲》是一部充满隐喻性、象征性，同时又洋溢着鲜明的现实性、倾向性的作品。说它是一部隐喻性、象征性的作品，是因为《神曲》全诗中包含了很多神学和烦琐哲学的知识，有很多难解的象征和隐喻，神秘色彩浓厚。作品中幻游三界的构思，处处烙有中世纪宗教神学、伦理学的痕迹。例如《神曲》共三篇，每篇三十三章，天堂、地狱、炼狱各十层，通篇结构布局，符合中世纪宗教神学对神秘数字“三”、“十”的崇拜。诗中的诸多人物或意象都具有非常浓厚的象征意味，例如维吉尔象征理性和哲学，贝阿德丽采象征信仰和神学；维吉尔引导但丁游历地狱和炼狱，象征人凭借理性和哲学认识罪恶的后果从而改过自新等。作者构思这个幻游三界的故事，其目的也是为了给人们指明一条符合宗教哲学的由黑暗走向光明的道路。但同时，《神曲》中也具有强烈的现实性和鲜明的政治倾向性。这部长诗触及了一系列重大的社会政治问题，极广泛地反映了当时意大利的社会政治和文化方面的情况，具有百科全书的性质；同时，但丁本人的思想政治倾向也在这部书中有着鲜明的体现，诗中明显的反封建反教会倾向和渴望祖国统一的爱国主义热情，集中地反映了作品的现实意义。例如，诗人对于那些造成分裂和混乱的人格外痛恨。他也看清了这一切都是那些历任的罗马教皇造成的，因此诗人在作品中对罗马教皇们，特别是包尼法西八世进行了猛烈的鞭挞，愤怒地揭露了他们对世俗政权的野心。诗人甚至在诗中为当时还没死的包尼法西八世在地狱里定好了位置，预言他死后将被倒栽在石穴里受火刑的惩罚。他的思想在客观上与人民反封建、反教会的情绪是一致的，具有进步意义。

《神曲》在艺术上也有很高的成就。《神曲》的结构巧妙而严整：全诗共分三部，各部的诗行也大致相等，看起来匀称、工整，一直为文学史家所称道。《神曲》塑造的人物形象也显得个性鲜明，栩栩如生，给人留下很深的印象。而《神曲》的创作不是用当时意大利作家们常用的拉丁语、法语或普罗旺斯语，而是用意大利人民常用的意大利俗语写成，这对于意大利文学语言以及民族语言的形成和发展都起到过重大的作用，并使得但丁超越了在他之前的一切意大利作家，成为第一位意大利民族的诗人。

《神曲》自完成之日起就一直备受人们的推崇，人们将它原来的书名加上“神圣”二字，这本身就反映了它在世人心目中的地位，无数作家都或多或少地从《神曲》当中汲取过艺术的养料，使其无愧于世界文学名著之誉。

12.《米开朗基罗诗集》

［意］米开朗基罗

▲ 书海导航

米开朗基罗不仅是一位雕塑家，还是一位才华出众的诗人，曾经长期在诗歌与绘画、雕塑之间徘徊。虽然他最后成了职业雕塑家，也曾指责写作诗歌是一种堕落，1518 年他甚至把自己青年时代的诗稿烧掉了一大半。然而，他的一生却始终与诗神纠缠不休，始终借助诗歌来抒发他的内心世界，抒发他对艺术、友谊、爱情和宗教的思考与眷恋。从他留下的大量诗篇看，他无疑是意大利文艺复兴时期最伟大的诗人之一。

1623 年，米开朗基罗逝世半个多世纪之后，人们把他的三百余首抒情诗和十四行诗结集出版，名为《诗集》。《诗集》中多数作品是讴歌友谊和爱情的。

◇ 作者档案

米开朗基罗（1475—1564），举世公认的意大利文艺复兴时期的雕塑家、画家、建筑家和诗人。他出生在佛罗伦萨附近的卡普拉斯小山镇，不久随全家迁往佛罗伦萨居住。大约从十三岁起，年轻的米开朗基罗就离开学校从师学画，后来又得到佛罗伦萨统治者洛伦佐·美第奇的资助，跟随贝托多·迪·乔凡尼学习雕刻。美第奇家族被推翻后，他一度居住在罗马，以后又经常往返于罗马和佛罗伦萨之间。1504 年，教皇朱理二世召他回罗马，委任他制作宏伟的圣墓。教皇死后，圣墓尚未完成，因缺少石料、经费和助手，这一工程无法继续。他于 1506 年被迫逃回佛罗伦萨。1512 年美第奇家族重新当权后，米开朗基罗又受雇从事艺术创作。1534 年以后，他长期居住在罗马，直至去世。

米开朗基罗是意大利文艺复兴时期的最杰出的艺术家之一，他的艺术创作在人文主义思潮的影响下，表现了当时市民阶层的爱国主义和为自由而斗争的精神状态。他对美术的三大体系（雕塑、绘画和建筑）均十分擅长，并将这三者视为一个整体。与此同时，米开朗基罗在艺术创作上，具有坚强的毅力和雄伟的气魄。他在 1504 年所作的《大卫》雕像，被认为象征着为正义事业而奋斗的力量。他在西斯廷教堂的八百平方米天花板上，经过四年完成了《创世记》

的巨型天顶画。他晚年所创作的美第奇陵墓雕像《晨》、《暮》、《昼》、《夜》，具有浓郁的悲剧色彩，委婉曲折地反映了当时意大利人民的悲愤情绪。

▲ 内容精要

在米开朗基罗的《诗集》中，有相当一部分作品歌颂的是艺术永恒和人类的创造精神。例如，《献给但丁》一诗这样写道：

任何语言都无法表达对他的评议，
在瞎子面前，他显得过分光辉灿烂；
对诽谤他的人责备一番并不难，
要真心实意赞扬他又谈何容易。
他为了探索苦难才来到人世，
为我们造福，然后飞向天边。
天国之门不肯为他显现，
国家对他的正义要求不睬不理。
我说国家无情无义，他时运不济，
结果国家也遭受不幸；
它的致命伤，是对最高尚的人不屑一问。
千百条理由中，只有一条是实：
他的放逐虽然极不公平，
却从未出现与他相当或更伟大的人。

▲ 欣赏与评析

在米开朗基罗的诗歌中，有着浓郁的人文主义气息。作者极力赞扬历史上的人文主义先驱。比如诗歌《献给但丁》，诗人不仅热情称颂但丁的伟大人格，也深深地同情他颠沛流离的一生。诗人既谴责了世道的不公，同时也流露出对但丁无比的崇敬，真可谓情感真挚，爱憎分明。显然，米开朗基罗在这里是有感而发。在缅怀但丁的同时，也表达了他对国家命运的关怀，对自己怀才不遇的身世的感怀。

《诗集》中的一些作品讴歌友谊和爱情，《致光明的使者》是其中出色的诗篇，这首诗是米开朗基罗写给他的学生兼助手加代里里的。加代里里勤奋好学，在艺术上很有造诣。在看过他的一些速写之后，米开朗基罗大为惊叹，主动做了他的导师。诗人赞扬他的艺术才华："由你的慧眼，我看到因为我的盲目不能看到的光明……由你的精神，我感到往天上飞升。"诗中也饱含了诗人对小伙子的厚爱，他这样写道："被爱控制着的灵魂在呻吟中挣扎，我哭，我燃烧，我磨难自己，我的心灵痛苦死了，你带走了我生的欢乐。"尽管我们没有确切的根据断言这是一种"同性恋"，但所谓"呻吟"、"痛苦"、"挣扎"和"燃烧"，这些字眼却表明这是一种超乎寻常的爱。

米开朗基罗还运用丰富的想象极力赞美爱情，赞美"恋人"形象。表达感情真挚、浓烈，"恋人"的形象美轮美奂。《诗集》中的爱情诗多是写给一位年纪稍大但却异常坚贞的寡妇的。维多莉亚·柯伦娜是一个才华出众的女诗人，丈夫早逝。虽然她已经五十出头，可她的美丽、聪慧和对生活的勇气却使米开朗基罗为之倾倒。米开朗基罗的求爱遭遇到了她的拒绝，只答应保持与米开朗基罗的友谊。在她去世后，有很长一段时间，米开朗基罗"似是精神错乱，至为消沉"，他自责在她生命的最后时刻竟没有吻她的脸和手。

在悼念维多莉亚的诗篇《爱情至上》中，诗人写道，虽然她"离弃了整个世界，离弃了她自己，在我眼中消失了"，然而，绝不是"死神"获得了胜利，"把太阳熄灭了"，而是爱情战胜了死亡，"爱情使她存地下，在天上，在圣者旁边再生了"。米开朗基罗由此宣称：可恶的死以为把她德性的回声掩蔽了。

在米开朗基罗宗教题材的诗歌中，充满着神秘、预言，以及有关死亡和地狱的思想，也表达了对他毕生从事的艺术深刻的迷惘和疑虑。

三、外国古典戏剧名作欣赏

戏剧在西方已有数千年的历史，古希腊时期就创作了很多著名的悲剧和喜剧。西方古典戏剧在世界文学史上的成就，被公认为是达到了顶峰。其影响之广泛，其风格之多样，其艺术之完美，迄今仍无法超越。欧洲文艺复兴运动之后，更是涌现出莎士比亚这样的文学巨匠和戏剧艺术大师。于是，今天的后人们，才有幸欣赏到千百年前他们所创作的令人赞叹的戏剧名作。

1.《俄狄浦斯王》

［希腊］索福克勒斯

▲ 书海导航

《俄狄浦斯王》是最著名的古希腊悲剧之一，被亚里士多德称为“十全十美”的悲剧。俄狄浦斯也成了文学史上一个不朽的典型形象，弗洛伊德精神分析学说中的“俄狄浦斯情结”即“恋母情结”就是从这部戏剧中总结的。

狄翁：索福克勒斯创作了如此庄严、华丽、极富悲剧味而又极其流畅的诗，以致最大的快感与崇高和庄严能在其中同时并存。

狄德罗：索福克勒斯的作品朴实无华，气势非凡。

施格莱尔：索福克勒斯的成就多于并且不同于我们在类似的情

况下常提到的其他诗人和作家的成就，因此我们认为他的成就是最高峰，形式和风格最完美。他的作品的美反映了他的心灵美和内在和谐。

◇ 作者档案

索福克勒斯（约前496—前406），古希腊的三大悲剧家之一，另两位是欧里庇得斯和埃斯库罗斯。索福克勒斯被称为“戏剧界的荷马”。他出生于雅典。年轻时参加过抗击波斯人的萨拉弥斯海战，在领导歌队唱凯旋歌时显示出音乐方面的才能和天赋，后被选为雅典十将军之一、雅典民主政治的“十人委员”之一。一生写了120多个剧本，获得过24次大奖。他的剧本现在只有七部被完整地保存下来，《俄狄浦斯王》是他的代表作。

▲ 内容精要

忒拜老王从神的指示中得知他的儿子将来会弑父娶母，因此当俄狄浦斯王子刚刚出生，国王就命人在他的脚跟上钉上钉子，让仆人把他扔到山沟里。但是仆人出于怜悯，就把俄狄浦斯送给了邻国科林托斯的一个牧人，之后又被科林托斯国王收养，并成为了该国的王子。俄狄浦斯长大以后，从神谕中得知了他将弑父娶母的可怕命运，于是就向邻国忒拜国逃去。在路上，俄狄浦斯碰到一个老人并为让路的事情而发生争执，结果不小心把老人给杀死了；谁知这个老人就是俄狄浦斯的亲生父亲。在前进的路上，俄狄浦斯猜中了狮身人面妖怪的谜语．为忒拜人民除了一害。于是他被忒拜人民拥立为新国王，并娶了老王的王后——自己的母亲为妻。神谕应验了，俄狄浦斯成了弑父娶母的罪人。在戏剧开场时，俄狄浦斯已经登上王位16年了。这时，忒拜城里发生了大瘟疫，人民遭受了数不清的灾难。从神谕中，俄狄浦斯得知这一切是因为杀害老王的凶手至今还没有被绳之以法，在他的一再追问下，预言者才告诉俄狄浦斯王你自己就是弑父娶母的凶手；但是俄狄浦斯并不大相信，不过王后对老王死去时的情景的回忆却使他开始对自己产生了怀疑。这时，科林托斯国王已死，派使者请俄狄浦斯回去继承王位，但俄狄浦斯害怕娶母的罪名，不愿意回去，而使者也告诉他，他并不是科林托斯国王的亲生儿子；这正好证明了俄狄浦斯就是弑父娶母的真正凶手。于是痛苦万分的俄狄浦斯实践诺言，刺瞎了自己的眼睛，自我放逐，永远离开了忒拜国。

▲ 欣赏与评析

《俄狄浦斯王》可以说写的就是一个命运悲剧：人无法逃脱上天安排的命运。俄狄浦斯坚强的个人意志和不可抗拒的命运始终处于一种尖锐激烈的矛盾冲突之中。俄狄浦斯的身上表现出了一种高尚的道德原则和忧国忧民的优秀品德。他为避免弑父娶母的悲剧命运，放弃了继承王位的诱惑，宁愿离开温暖幸福的家庭而漂泊他乡。他对人民的不幸遭遇充满了同情，在忒拜，他运用自己的智慧为人民除掉一害，治理国家又贤明清廉，表现出非凡的政治才能，赢得了国民的拥护和尊敬。在追查凶手的过程中，俄狄浦斯同样表现出了对国家和人民高度负责的精神，以不找出凶手绝不罢休的坚强意志和不屈不挠、斗争到底的勇气为全城人民找回往日幸福安定的生活。当他发现自己陷入命运的罗网时，仍然毫不徇私、毫不迟疑地实践自己的诺言，惩罚自己的罪行。全剧通过正直、坚毅的俄狄浦斯和不可抗拒的命运的抗争中显示了尖锐的矛盾冲突，鲜明地塑造出了俄狄浦斯的高大形象，同时也反映了雅典的人民既相信民主制，又在面对灾难一时感到无奈、愤懑、悲观、消极，更表达了诗人对于神祇和命运的合理性的怀疑的理性精神和对于个人独立意志的肯定和赞扬。

在成就上，诗剧可认为是希腊悲剧的典范，它的悲剧情节错综复杂，布局巧妙，历来为人们所称道。诗剧基本以倒叙的手法来交代剧情的发展，通过五个人物的先后上场，一一展开诗剧错综复杂的矛盾冲突；刚刚揭开疑问，又马上交代前因，而这个前因又成为下一个情节发展的动因。这样，情节之间环环相扣，逐步而又紧密地把戏剧冲突推向高潮。在塑造人物方面，诗人按照人“应该是怎样”的原则，注重在矛盾冲突中运用对话、独白和人物的行为真实地刻画人物的性格，使他笔下的人物更加具有现实性。诗人的语言简洁鲜明，富有强大的艺术感染力。

2.《美狄亚》

［希腊］欧里庇得斯

▲ 书海导航

随着古希腊社会由野蛮走入文明，随着希腊社会民主制度的完善，妇女的地位却每况愈下。在荷马时代的社会中，妇女还没有被排除在社会生活之外，她们甚至可以对自己的丈夫施加影响。但到了公元前4世纪，只有在具有上古生活方式的斯巴达，妇女才保有一定的威望，而在政治最进步的国家——雅典，妇女的处境却最坏。

虽然希腊实行一夫一妻的婚姻制度，然而所谓的“一夫一妻”不过是对妇女而言，并不是对男子。雅典妇女必须严守贞操、深居闺房，一般不得参加公共活动，更谈不上享有政治权利，其地位已近似奴隶，而男子却可以在外自由交往，不受任何婚姻道德的束缚。有的妇女不堪忍受，愤而反抗，结果便往往造成家庭悲剧。《美狄亚》一剧就是这种现实的真实写照。

作者欧里庇得斯和他的前辈一样，利用古老的神话传说来创作他的悲剧，但他更多思考的是人本身。在他看来，人生充满苦难，人的命运不再受神的支配，而取决于自己的行为，个人做事，自己应负责任。在他笔下，古老的神话改变了旧日的面貌，具有了现实的意义。神和英雄的气质描写削弱了，人的意志和激情的刻画加强了，不可一世的众神一变而为无耻之徒，昔日功勋卓著的英雄也变成了贪婪卑鄙的小人。被压迫的妇女也受到了前所未有的重视。

欧里庇得斯流传下来十八部剧作，《美狄亚》是他创作中最优秀的一部。

◇ 作者档案

《美狄亚》一剧的作者是古希腊三大悲剧家之一的欧里庇得斯。大约于公元前485年，欧里庇得斯出生在雅典领土阿提卡东海岸佛胃亚城的一个富裕公民家庭。少年时期他受到了良好的教育。

欧里庇得斯性格内向，很少参加公共活动，他钟爱宁静的生活，喜欢沉思冥想，因此他常常以批判和怀疑的眼光来看待现实，他的作品现实性都很强，被人们称为“舞台上的哲学家”。

25岁时，欧里庇得斯首次参加悲剧比赛，但是却失败了。直到21年后，欧里庇得斯才重新提起笔来，从此一发而不可收，共创作了92部悲剧，但只得了5次奖。其中有1次还是死后才获得的。

晚年的欧里庇得斯反对雅典对盟邦的侵略和对盟邦的暴政，因此不见容于雅典当局，被迫客居于马其顿阿耳刻拉俄斯宫廷。他在马其顿写了《酒神的伴侣》。公元前406年，欧里庇得斯死于马其顿。雅典人曾去运诗人的遗骨而遭到拒绝。雅典人只好在城郊立一纪念碑，上面写道：“全希腊是欧里庇得斯的纪念碑，诗人的遗骨在客死之地马其顿永埋；诗人的故乡本是雅典——希腊的希腊，这里万人称赞他、欣赏他的诗才。”诗人在死后才获得了无上的荣光。他的遗作《伊菲革涅娅在陶洛斯》和《酒神的伴侣》，都得到了雅典人的排演并获得了头奖。

▲ 内容精要

伊阿宋原是伊俄尔科斯国王埃宋的儿子。他被埃宋寄养在别处，等他长大成人回到故园时，王位已被同母异父的哥哥珀利阿斯篡夺。伊阿宋要求继承王位，珀利阿斯不敢拒绝，但条件是伊阿宋必须得到埃厄忒斯国王的金羊毛。这无异于让他去送死，因为那金羊毛不仅地处险境，而且有魔怪守卫。伊阿宋召集了一大批希腊著名的英雄，打造了一艘名叫“阿耳戈”的快船，出海探险，他们经历了无数艰难险阻，才来到了埃厄忒斯的宫殿。

美狄亚是埃厄忒斯的二女儿，掌握巫术。当她与伊阿宋会面时，爱神之箭就射中了她。国王埃厄忒斯设下陷阱要杀死伊阿宋，美狄亚知道后心如火燎，最终爱情战胜了亲情，她帮助伊阿宋制伏了看守金羊毛的毒龙，拿到了金羊毛。美狄亚背叛了自己的祖国，抛弃一切，跟伊阿宋逃往希腊。美狄亚的弟弟率兵追来，被伊阿宋等人设计杀死。后来，由于伊阿宋要求王位未果，美狄亚便随丈夫来到了科林斯，过了十年幸福生活，生了两个孩子。但生活就在这时掀起了风暴。伊阿宋喜新厌旧，爱上了别人。

《美狄亚》一剧从这里开始。美狄亚在深宫中得知伊阿宋要另娶科林斯的公主，心如刀绞，泪流不止。她诅咒孩子和孩子的父亲一起死掉。其他的妇女都来劝说美狄亚，她们认为丈夫另结新欢是件很平常的事，妻子不应因此恼怒。

美狄亚出来后对她们说：“在一切有理智有灵性的生物当中，我们女人算最不幸的。首先，我们得用重金争购一个丈夫，他反会变成我们的主人；但是，如果不去购买丈夫，那又是最可恶的事，而最重要的后果还要看我们得到的是一个好丈夫，还是一个坏家伙，因为离婚对于我们女人是不名誉的事，我们又不能把我们的丈夫轰出去……”

正说着，科林斯的国王偕侍从来到美狄亚跟前，他命令美狄亚立即带着两个儿子离开科林斯，因为伊阿宋要娶的就是科林斯的公主。美狄亚苦苦哀求，只求得一天的宽限。伊阿宋走来，假惺惺地对美狄亚表示关心，他为自己辩白，表明他不是为了爱情而同公主结婚的，而是想扩大势力以保障他们的家庭。美狄亚以匕首般锋利的语言痛斥了伊阿宋的卑鄙无耻和忘恩负义。伊阿宋只得怏怏而去。

美狄亚精心制订了自己的复仇计划。她让保姆把伊阿宋请来，美狄亚假装向他认错，并让两个孩子捧着一件精致的袍子和一顶金冠作为礼物给公主送去。

公主果然喜不自禁地接受了，孩子走后她就高兴地试穿，但她很快就昏倒了，口吐白沫，头上起火，一会儿人就死了。原来这礼品是用毒液浸泡过的。国王闻讯赶来，抱着尸体痛哭，也染上毒气而死。

这时两个孩子已经回到了美狄亚的身边，美狄亚在感情上展开了激烈的斗争。弃妇的仇恨与慈母的爱的冲突造成了复杂的心理。美狄亚的内心独白被以惊人的力量描写出来："孩子，你们为什么这样看我……我的心简直要碎了。让我以前的冲突滚开吧……我这是怎么了，难道我想使自己的仇人仍旧不受惩罚，自己成为嘲笑的对象？更勇敢地去干吧！"美狄亚几次三番下定决心，却又犹豫，迟疑不决。最后她下定决心，她绝不能给罪恶的人留下后路。美狄亚终于杀死了自己的两个儿子。

当伊阿宋带着仆人赶到时，美狄亚已经带着两个儿子的尸体乘龙车升到了空中。她对伊阿宋发出了诅咒，随即乘龙车飞去。

▲ 欣赏与评析

伟大的革命导师马克思曾经说过："希腊神话不仅是希腊艺术的宝库，而且是它的土壤。"诚然，许多杰出的希腊悲剧家如埃斯库罗斯、索福克勒斯、欧里庇得斯等，都从希腊神话中汲取了大量的创作养分。而继承了希腊戏剧衣钵的罗马悲剧，无疑也大多取材于希腊神话。

欧里庇得斯的悲剧《美狄亚》就是其中典型的一例，它取材于阿尔戈英雄探险取羊毛的神话故事，自出心抒的创造，成为久演不衰的著名悲剧。

《美狄亚》于公元前 431 年上演，但当时仅得了三等奖，几乎就等于完全失败了。但时间是最公正的，从古至今《美狄亚》都被公认为是最动人的希腊悲剧之一。欧里庇得斯以他出色的心理分析能力，描述了被弃妇女心灵破碎的悲剧。

美狄亚是一个异邦女子，她敢爱敢恨，为了爱情，她可以抛弃一切，因为爱，她“事事都顺从她的丈夫”，为了他们的幸福，她做出了多少牺牲，然而竟落到如此下场。她倔犟、狂热、激动的性格不允许她忍受。她决定要报复。身处异邦，作为妇女又没有社会地位，她无法借助社会力量来反抗、争取她在家庭中的合法权利。迫不得已，只好采取仇杀的办法。

美狄亚被满怀的激情所控制，理智、道德、正义、自然情感都被遗忘了，在这样的状态下，一切手段都成了可能。心性强悍的美狄亚可以忍受女人地位的低下和生活的艰辛，但却不能忍受男性社会对她的情感戏弄、名誉侮辱和残酷抛弃，她以惊天动地的复仇举动，向男性社会敲响了警钟。

美狄亚不以纯洁和善良著称，欧里庇得斯曾在剧中通过美狄亚之口说：“我们生来是坏人，好事全不会，但是做起坏事来却最精明不过。”有人据此说欧里庇得斯是仇视女人的人。这只是一种曲解，剧中之话不过是美狄亚一时气愤之言。欧里庇得斯在剧中表现了对受压迫妇女深深的同情以及对社会现实深刻的批判。他是在希腊文学中第一个发现女人的人。19 世纪的英美女权主义运动家们以为欧里庇得斯是妇女问题的最早提出者，并把他悲剧中的诗句引到她们的宣传中。有趣的是，西方有个女权组织，就叫“美狄亚”。

3. 《阿卡奈人》

［希腊］阿里斯托芬

▲ 书海导航

在阿里斯托芬的传世剧目中，《阿卡奈人》是其早期创作的喜剧。

公元前5世纪，在古代希腊有很多国家。这些国家为争夺土地、出海口等，征战不休。斯巴达和雅典是其中最强大的两个国家。希腊诸国各以斯巴达和雅典为首结成了两个阵营。在这两个阵营之间进行了长达27年的战争。最后以雅典一方失败而告终。战争使古希腊各国人民饱尝苦难，他们渴望过上平静的生活。

围绕着这场战争，阿里斯托芬写下了这部戏剧，戏中描写了战争给人民带来的灾难和人民对待战争的态度。剧中的主人公狄开俄波利斯由于不堪连年的战事，擅自与斯巴达人签订了休战和约。结果，这位诚实的阿提卡农民遭到了阿卡奈人的斥责。《阿卡奈人》一剧反映出阿提卡农民对战乱的无奈以及对和平的渴望。在《阿卡奈人》一剧中，阿里斯托芬坚定地表示，他要“不断地在喜剧里发扬真理，支持正义”。

《阿卡奈人》于公元前425年上演，在狄奥尼索斯酒神节的喜剧比赛上赢得头奖。

◇ 作者档案

阿里斯托芬（约公元前446—公元前385），古希腊著名戏剧家。生于阿提卡的库达忒奈翁区。被恩格斯称为“喜剧之父”，“有强烈倾向的诗人”。诗人一生的大部分时间是在雅典度过的。阿里斯托芬一生亲历了伯里克利统治下的辉煌、伯罗奔尼撒战争的内战以及雅典由盛而衰的全过程。公元前431年爆发的伯罗奔尼撒战争，断断续续地打了27年，最后以雅典彻底失败告终。连年的战争，作者目睹古希腊人民饱尝战争的苦难，对生活和创作产生了巨大影响。

阿里斯托芬的剧作取向鲜明，充满着对时势辛辣的嘲讽与抨击，生动地再现出诗人对公元前5世纪中期到公元前4世纪雅典民主政治与文化思潮的反思。阿里斯托芬一生创作了44部喜剧，7次在喜剧比赛中获奖，完整传世的有《岛》、《吕西斯特拉忒》、《地母节妇女》、《蛙》、《公民大会妇女》、《财神》、《阿卡奈人》等11部。

阿里斯托芬对17世纪以后的欧洲文学有广泛的影响，例如，拉辛的《爱打官司的人》是模仿《马蜂》写成的，歌德改编过《鸟》。

△ 内容精要

分别以雅典和斯巴达为首的两个阵营之间爆发的伯罗奔尼撒战争已经进行了六年。一天，雅典人预定在卫城西边的普尼克斯岗召开公民大会。

开会的时间到了，人们还在市场里谈天，逛来逛去，会场里却空空如也。阿提卡的农夫狄开俄波利斯（意为正直的公民）忧心忡忡地等在那里，思念着田园，向往着和平。直到中午，主席官们才来到会场。会上，公民阿菲忒俄斯提出愿单独去同斯巴达人议和，要求发给路费，立即被弓手们赶出会场。狄开俄波利斯支持他，坚持要主席官提出有关和平的协议。遭到拒绝以后，他便给阿菲忒俄斯路费，让他去为自己一家和斯巴达议和。假公肥私的雅典外交官突然在公民大会上出现，会场一片混乱。狄开俄波利斯揭露了他们的谎言，拒绝了他们雇佣色雷斯人作战的建议。这时，阿菲忒俄斯匆匆跑来，带给他一个为期三十年的和约。

阿卡奈人（歌队）紧追而上，正遇狄开俄波利斯率领妻子和女儿向酒神献祭。他们指责他与斯巴达议和，背叛了祖国，威胁要用乱石将他打死。他不得已去找悲剧作家欧里庇得斯，借了全套戏服扮成乞丐，去和阿卡奈人辩论。他说，斯巴达人毁坏了他的葡萄园，他也痛恨他们；但是，雅典人在这次战争中遭受的苦难不能全怪斯巴达，一些雅典人对战争的爆发负有不可推卸的责任：雅典的首席执政官伯里克利斯为一些鸡毛蒜皮的小事，为三个娼妓，禁止墨伽拉人踏上雅典的土地，又多次拒绝斯巴达人居间调停，是战火燃遍全希腊的重要原因。阿卡奈人听了，一部分对他破口大骂，向他冲去；另一部分却认为他没有说一句假话，出来保护他。结果，阿卡奈人之间发生冲突。前一部分人打输了，就向雅典军官拉马科斯呼救。拉马科斯一赶到，便与狄开俄波利斯扭打起来，结果败在他的手下。拉马科斯骂他是叫花子。他回答说："我是一个好公民，从不钻营官职。开战以来，我就一直是最肯卖命的人；而你呢，开战以来，就一直是只拿官俸的人。"拉马科斯发誓永久和伯罗奔尼撒人打下去，狄开俄波利斯却宣告与他们进行贸易。

一个墨伽拉人带着两个女儿来到狄开俄波利斯开设的市场。他对她们说，你们这两个可怜的娃娃，别再怨倒霉的爸爸，你们俩愿意自己给卖掉呢，还是饿死？两个女孩齐声回答："卖掉，卖掉。"他怕没有买主，就把她们装扮成两个猪娃，以一把蒜头和一筒盐的价钱将她们卖给狄开俄波利斯。一个比奥细亚人也来到市场。他带着薄荷、草席、灯芯草、野兔、雏鸡等各式各样的特产，来与雅典人交换。这时，来了一个告密者，威胁要去向当局告发。告密者投机钻营，无孔不入，是雅典的一害。狄开俄波利斯把他捆起来，当作雅典的特产，给了比奥细亚人。

酒神节来临了。狄开俄波利斯家里，妇女和小孩在编扎花冠，煮野兔，烤画眉。阿卡奈人对他的幸福生活十分羡慕，不少人想分享他得到的和平。在这一片升平的气氛中，传令官向拉马科斯传达了紧急命令：冒着风雪，火速出发去把守边关，抵御敌人的进攻。拉马科斯很不情愿地背起背包，戴上头盔，穿上铠甲，提着长枪和盾牌，踏上征途。与此同时，狄开俄波利斯却被邀参加盛大的酒宴。

拉马科斯从边关归来，嘴里不断发出痛苦的呻吟。他在战斗中被长矛刺伤，脚踝脱臼。他正担心遇到狄开俄波利斯，遭他嘲笑，却恰恰和他走到了一起。狄开俄波利斯已经喝得醉醺醺的，由两个吹笛女搀扶着，不断高呼："哈哈！胜利啦！"阿卡奈人也一齐跟着他高喊。

▲ 欣赏与评析

在《阿卡奈人》这部戏剧作品中，狄开俄波利斯是刻画最成功的一个人物形象。城邦在公民大会上拒绝了受神委托要去与斯巴达人议和的阿菲忒俄斯的建议，反而准备与波斯结盟共同讨伐斯巴达。

愤怒的农民狄开俄波利斯决定自己掏腰包给阿菲忒俄斯去斯巴达的路费，争取和平；但是他不可能代表城邦与斯巴达议和，所以阿菲忒俄斯带回的只能是斯巴达与狄开俄波利斯一个人的和平协议。很快阿菲忒俄斯带回了合约——因为他是神，同时他也被阿卡奈农民发现他在“通敌”，所以他很快就消失了，因为正是狄开俄波利斯主使这“私人的”议和，阿卡奈人认为狄开俄波利斯背着雅典城邦偷偷与敌人议和，是“祖国的叛徒”。狄开俄波利斯的不义表现在他对修辞式胜利的利用：通过那场胜利，他确保了他私人的和平，以便全然地独享和平；他不但背叛城邦，而且背叛家庭，以便独享自己的感官快乐。在戏剧后半部分，当阿卡奈人赞美他的时候，只提到他一己的私人幸福，没有说他为他人更别说为城邦效力。狄开俄波利斯遵循歪理的路线行事，完全不理会法律。他自称渴望和平的动机是，和平时期他的土地能自产所需，而战乱的时候住在城里一切都需购买，但他真正的动机是，战争时期不可能买到敌邦出产的美味。

在“开场”中，农民狄开俄波利斯看见雅典公民大会不让一个提倡议和的人讲话，他给了那人八块钱币，派他替他自己一家人同斯巴达人议和。在“进场”中，雅典附近受战祸最深的阿卡奈人（合唱队）用石头追打狄开俄波利斯，指责他叛国。他在“对驳场”中争辩说，他并不想投靠斯巴达人，他本人也受到他们的蹂躏，但雅典人也要对引起战争负责。有一些阿卡奈人不服，请主战派将领拉马科斯来帮忙，狄开俄波利斯当场和他扭打，把他打败，并去和伯罗奔尼撒人通商。接着的“插曲”表现了做交易的场面，显示和平的好处。拉马科斯再度出征，在“退场”中，他跛着脚上场，他在战争中负伤，痛苦万分。狄开俄波利斯却由两个吹笛管的女子伴着，饱食大醉，得意扬扬。

《阿卡奈人》通过漫画式的夸张手法和表面上很不严肃的讪笑打诨的场面来反映生活，很像闹剧。例如，狄开俄波利斯和拉马科斯的争辩本来是件正经事，但两人却在台上撒野，通过扭打来解决问题；又如，有一场写一个农民在战乱中丢掉耕牛，几乎把眼睛哭瞎，他来到狄开俄波利斯的市场上买“和平眼药”，诙谐地表现了农民的和平愿望。这些场面都很滑稽。但是，在“退场”中，堂皇的雅典将军在台上哇哇大叫的场面就很丑。在这些滑稽和丑陋的事件中，寄寓着非常严肃的思想。

《阿卡奈人》的政治作用在于扫除雅典公民中的主战心理，号召订立和约。诗人在剧中指出，战争对政治煽动家和军官有利，对人民有害；他认为战争双方都有过错，主张各城邦团结友好，发扬马拉松精神，共同对付波斯的侵略威胁。阿里斯托芬正是从这个思想高度去俯视脚下的现实，才把生活中丑陋的本质挖掘出来，尽情地加以嘲笑。

4.《沙恭达罗》

［印度］迦梨陀娑

▲ 书海导航

《沙恭达罗》是印度古代诗人、戏剧家伽梨陀娑的戏剧代表作。剧中女主人公沙恭达罗的命运经历了由喜（结合）到悲（被弃）再到喜（团圆）的巨大变化和仙人的诅咒紧紧连在一起。迦梨陀娑安排的仙人诅咒剧情已为我们揭开印度仙人文化的一角。其实，无论是剧情发生的净修林背景，还是女主人公的身世，无论是净修林主人沙恭达罗的养父干婆仙人，还是他的弟子能否有婚姻的自由权利等问题，都与印度特有的仙人文化有关。

仙人在印度传统信仰中占很重要的地位。仙人大致可分为两类：一类是自己修道的仙人，另一类是住在道院传道的仙人。他们虽都是凡身，但通过不懈的精勤苦行获得了无边的法力，修炼成功的人往往被尊称为大仙。仙人的法力却往往能胜过神仙，法力最高的仙人甚至可以使高山低头，河水让路。

仙人的语言具有超乎寻常的力量，他们最大的本领是能发出谁也无法逃避的诅咒，运用苦修得到的法力作出种种的预言，一定会丝毫不爽的应验。一旦出口就是板上钉钉的事，即使他本人，以后也无法更改，最多可以附加一些可以破解的限定条件，大有一言九鼎之势。

◇ 作者档案

迦梨陀娑，古代印度梵文诗人、戏剧家。约公元 4—5 世纪人。生平事迹不详。自 18 世纪以来，印度国内外梵文学者对迦梨陀娑的出生年代进行了多方面的考证研究，现在一般认为他是旃陀罗芨多二世（380—413 年在位）的宫廷诗人。归在迦梨陀娑名下的作品有 41 部之多。但正如他的出生年代一样，这些作品的真伪后世也有不少争论。现在一般公认迦梨陀娑的作品有以下七部：诗歌《时令之环》、《云使》、《鸠摩罗出世》和《罗怙世系》，剧本《摩罗维迦和火友王》、《优哩婆湿》和《沙恭达罗》。

代表迦梨陀娑最高艺术成就的两部作品是抒情长诗《云使》和七幕剧《沙恭达罗》。

迦梨陀娑的作品在古代就已传入了一些亚洲国家。约在 13 世纪，《云使》被译成藏文。在近代，迦梨陀娑的作品被译成各种欧洲文字，在欧洲文学界备受推崇。20 世纪下半叶，我国出版了从欧洲文字转译的多种《沙恭达罗》汉泽本。1956 年，世界和平理事会将迦梨陀娑列为该年纪念的世界文化名人之一。

▲ 内容精要

国王豆扇陀在狩猎时，无意来到了净修林中，正好遇到了在林中净修的少女沙恭达罗，两人一见倾心。尽管一个有情，一个有意，但二人始终没有机会相互倾吐。于是豆扇陀就借口去打猎，在净修林中住了下来，以便寻找机会。终于有一次，两人向对方倾诉了自己心中的爱情，并用干闼婆的方式结婚，尽情地享受着新婚的欢乐。但不久，豆扇陀必须要回到京城，离开之时，豆扇陀赠给沙恭达罗一枚戒指作为信物。戒指上刻有国王的名字。

豆扇陀走后，沙恭达罗十分想念丈夫，常常心不在焉。沙恭达罗完全沉浸在对刚刚离去的豆扇陀的思念中，一点也没有注意到路过净修林的大仙人达罗婆娑，而这位仙人又是一位度量不大、爱生气的人。沙恭达罗的无意轻慢竟然气得他大发雷霆，"连迈步都有些蹒跚"，严厉的诅咒从他的口中涌出："啊！你怎么竟敢看不起我这个客人呀！你心里只有你那个人，别的什么都不想念，我这样一个有道的高人来到，你竟然看不见。你那个人绝不会再想起你，即使有人提醒他，正如一个喝醉了的人想不起自己许过的诺言。"

仙人十分生气，诅咒说：国王绝不会记住他同沙恭达罗的爱情。沙恭达罗的女友替沙恭达罗苦苦哀求，仙人慢慢地说："我的诅咒既已发出，不能收回，但是只要国王看到他留给沙恭达罗的戒指，我的诅咒就会失去力量。"

不久，沙恭达罗已怀身孕，她决定去寻找豆扇陀，同义父干婆、女友依依惜别。沙恭达罗根本不知仙人诅咒，高高兴兴地来到王宫。可谁知应了仙人的咒语，豆扇陀把前情忘记得干干净净，拒不相认，沙恭达罗在来京途中，在一条河边洗手时，不慎将国王赠给她作为信物的戒指滑落到水中。如今，无法让国王恢复记忆，沙恭达罗满腹怨恨离开了王宫，正当她不知往何去时，突然一道金光，把她高高举起，消失得无影无踪，原来是她的母亲将她接走。一个渔夫，从网住的一条鲤鱼中，得到了沙恭达罗失去的戒指。正在出卖时，被巡检的国王发现。豆扇陀看到这个信物，恢复了同沙恭达罗的记忆，深深为自己拒绝承认沙恭达罗的过错而自悔不已。他派画师描绘了沙恭达罗的画像，到处张贴寻觅，自己在宫中日夜思念哭泣。几年过去了。一次，当豆扇陀经过金顶山时，认出了由沙恭达罗生下的儿子，终于找到了沙恭达罗。二人终于团聚，一起回到宫中。

▲ 欣赏与评析

《沙恭达罗》这部戏剧为读者讲述了一个富有传奇色彩、具有浓郁神话传说气氛的故事，故事巧妙地以一定的现实社会为依托，曲折地反映出当时印度社会的若干真实情况，如上层统治者的骄奢淫逸（以国王豆扇陀为代表），下层劳苦大众（以渔夫、宫女为代表）的难堪处境等，从而表达作者对当时社会政治制度的不满，和对爱情、婚姻生活的理想。

《沙恭达罗》具有一定的思想认识意义，且给人们以崇高的美感享受，和它在内容与艺术手法方面区别于一般的现实主义作品有关。作品主要以青年男女之间的爱情为主题，没有剑拔弩张的戏剧冲突，迦梨陀娑充分自如地利用古老故事中的神奇变幻，加进自己的想象，使古老的传说与现实的世界融会贯通，生活真实与审美理想水乳交融。在这里，作家突破了现实主义的规范，不是拘泥于人物的社会地位和阶级属性，而是恰到好处地赋予他的人物（特别是女主人公）以完美的品格和高尚的情操，使之既不违背艺术真实的要求，又能充分表达自己的理想。

《沙恭达罗》主线是沙恭达罗与豆扇陀的爱情纠葛。迦梨陀娑成功地运用诗的比兴手法，来刻画这个理想化的善良而美丽的沙恭达罗古代印度妇女的典型形象。她有如野林中的花朵，具有天生的丽质，她自己爱野林中的花木就像爱她的姊妹一样。剧作家将人物安排在秀丽和谐、繁花似锦的自然怀抱之中，环境与性格融为一体，以环境的秀丽，烘托出她的秀色天成。在她身上不仅洋溢着一种魅人的青春之美，而且有着一种娴静、质朴的内心生活。她的性格非常鲜明，跟史诗《罗摩衍那》中贤妻良母型的悉多一样善良而美丽，但那种束缚悉多的近似“三从四德”的封建意识，在沙恭达罗身上比较少见。她的性格以温柔和顺为主，然而在柔顺之中也不乏刚强的一面。作为一个大自然中森林道院里的苦行者，沙恭达罗却大胆地追求人间的幸福，她一见到豆扇陀后，便对他怀有一种由衷的好感，尽管明知这是净修林里的清规所不允许的。她在国王面前含羞作态，但毕竟还是用干闼婆方式结了婚。当她遭到丈夫的遗弃时，她对豆扇陀发出的谴责也是合情合理、颇有分寸的，并不失矜持和庄重。豆扇陀则具有明显的两重性。他是净修林和天庭的保护者，是“人民欢迎”的君主。他真诚地喜欢沙恭达罗。由于大仙的诅咒，失去了记忆，但仍举止得体。被沙恭达罗斥责后，他审慎地思索自己是否有不对之处。“是我糊涂呢，还是她说了谎话？我真是彷徨迟疑，丢掉自己的妻子呢，还是抚摸别人的妻子而陷于不义？”恢复记忆后，他痛哭流涕。整个第六幕的描写表现出对沙恭达罗的真切思念。这是一个人民的保护者和对爱情忠诚不二的理想君主。同时作品又讥讽了豆扇陀的另一面，如对百姓的粗暴和贪吃新蜜的行为等。这似乎与前面的描写有矛盾，但它符合生活真实，所以豆扇陀的形象并不使人觉得分裂，能为民众所接受。

作品所写的是既无父母之命、又无媒妁之言的、男女双方的自由恋爱，这种干闼婆式的婚姻，无论在奴隶社会抑或在封建社会，都是被根本否定的。作家所歌颂的男女主人公的自主婚姻，正是突破当时社会常规的叛逆行为。剧本生动形象而又令人信服地描绘了沙恭达罗在事件进程中，在冲破当时婚姻制度的羁绊时所经历的内心矛盾和斗争。事实上，为了追求爱情的幸福，沙恭达罗终不免受到社会势力的阻挠，经受了巨大的折磨，剧中大仙人达罗婆娑正是这种社会势力的象征。剧本歌颂这种自由结合的婚姻，赞美具有叛逆精神的女性，曲折地表达了对社会恶势力的憎恨，也正符合当时广大普通印度人的理想和愿望，这种积极的思想倾向，是难能可贵的。

作品中净修林、宫廷和天庭三界，展现的是远离尘世的世外桃源、专横强权的现实社会和充满和谐的理想世界。三界的结合使沙恭达罗和豆扇陀的爱情故事得以发生、发展和取得完美结果，表现了人们的理想与愿望。

全剧流畅而充满诗情画意，人物性格的变化真实可信，是一部具有哲理内涵且艺术高超的作品。正如歌德在诗中所写：若要说出春天的花朵和秋天的果实，若要说出人心的所有爱慕和喜悦，若要说出高天和大地，只有一个词——沙恭达罗；只要提你的名字，便说尽了一切。

5.《羊 泉 村》

［西班牙］维加

▲ 书海导航

西班牙戏剧作家维加一生中写过两千多部戏剧，其中不乏名篇佳作。在这些作品中，《羊泉村》首屈一指，历来受到评论家们格外的关注。剧本写于1612—1614年间，发表于1619年。故事取材于西班牙的史实。羊泉村是西班牙境内科尔多瓦城西北部的一个小村庄，一直隶属于科尔多瓦。1406年，在位的西班牙国王亨利四世独断专行，将羊泉村赐予了克拉特拉瓦骑士团的团长堂佩德罗·希隆。在古代的西班牙，骑士团是非常重要的宗教军事组织，曾是抗击摩尔人进犯的主要力量。但随着骑士团在各地的驻扎，经济命脉与政治权力都被他们把持住了。骑士团还直接听命于教皇，这使得国王的权力被明显削弱，国内处于一片混乱之中。后来，迫于科尔多瓦城市议会压力，村子又被收回。到了1468年，克拉特拉瓦骑士团的队长费尔南·戈麦斯·德·古斯曼用武力占领了羊泉村，并实行暴政。村民实在不堪忍受，于是发动起义，杀死了队长。

维加就是依据这段历史，创作了《羊泉村》。但是作家没有局限于历史，他把人民维护正义，争取自由与政治斗争有机地糅合到一起，把人民反抗暴力的主题置于国家统一的宏观图景下，并歌颂了人民的英勇无畏、乐观主义和集体精神。

在维加笔下，再没有比《羊泉村》更富有战斗性的剧本了。在反抗法西斯的斗争中，正是《羊泉村》和劳伦夏唤起了无数热血沸腾的战士，给予西班牙人民无穷的斗志。

◇ 作者档案

维加，西班牙民族戏剧的创建者、诗人。他出生在马德里一个宫廷刺绣工匠家庭，曾在耶稣会学校和阿尔卡拉·德·埃纳雷斯大学学习。他 14 岁丧父，只得辍学，充当纳瓦斯侯爵的随从。不久投入军队，参加过 1583 年进攻亚速尔群岛的战斗，还参加过 1588 年西班牙“无敌舰队”对英国的战争。战后他曾在当时的文化中心巴伦西亚暂住，从事戏剧创作。1590 年他担任阿尔巴公爵的秘书，1595 年定居于马德里。

维加写过抒情、史诗、田园小说、戏剧，但主要成就是在戏剧方面。他一生共创作了 1800 部剧本，至今留存下来的只有 462 部，以及 48 部宗教独幕剧。维加最优秀的剧本是《羊泉村》，此外著名戏剧作品还有《最好的法官是国王》、《霸占草料的狗》、《带罐的姑娘》、《任性的白莉丝》、《奥尔梅多骑士》和《并非报复的惩罚》等。

维加除了戏剧外，还写过叙事诗《安赫利卡的美丽》（1602），田园牧歌小说《阿卡遗亚》和带有自传性的对话体小说《拉·多罗特亚》（1632）等。

▲ 内容精要

西班牙骑士团队长费尔南是个野心家，怀有不可告人的意图，怂恿骑士团团长希隆发动叛乱，公开反对国王堂费南多。费尔南占领着羊泉村，横征暴敛、鱼肉乡里，不仅掠夺田产，还霸占妇女。只要被他看上的女人，都逃不出他的魔爪，成为他发泄兽欲的工具。他的两个部下奥图尼索和弗洛雷斯其实就是他的皮条客。他们仗势欺人，对胆小者威逼利诱，稍有异议则使用暴力。许多良家妇女都被费尔南及走狗们糟蹋了。村民们对他都恨之入骨，可迫于费尔南的武力，敢怒不敢言。而费尔南还振振有词地宣称："十字架和宝剑应该是鲜红的。"在他心中，手中没有权力和武器的普通老百姓就应任其驱使，被强暴的女人还要感激他的垂青呢。用这家伙的话说，就是：

这些庄稼汉是多么讨厌！啊，城里就大不相同！对于有名望的人，没有人会扫他们的兴，在那儿结了婚的还自夸人家来拜访他们的老婆。

尽管不学无术，举止粗俗，但他还动不动就卖弄一知半解的知识。当羊泉村村长埃斯特万谴责，并告诫他应约束行为时，他还搬出亚里士多德的《政治学》来威吓对方。

劳伦夏是村长的女儿，费尔南一见到她，立刻被她的美貌激起了欲火；但劳伦夏坚贞不渝，使他未能得逞。一天，劳伦夏在河边洗衣服，费尔南走上前，寡廉鲜耻地向劳伦夏吹嘘别人的妻子刚刚新婚就向自己投怀送抱，随即又扑过去，意欲非礼。劳伦夏誓死不从，并大声呼救。幸好，她的恋人弗隆多索及时来到，劳伦夏才幸免于难。费尔南恼羞成怒，发誓要报复。

这一期间，费尔南率领部队去攻打国王堂费南多，大败而归。后来，费尔南指使手下抢走了村民门戈的未婚妻哈辛塔，并把门戈打了一百鞭子。劳伦夏和弗隆多索为防不测，决定早早举行婚礼。在婚礼进行时，费尔南带兵闯入，强行抓走了劳伦夏与弗隆多索，并毒打老埃斯特万。

面对费尔南的淫威，劳伦夏从未屈服。在被抓之后，她受尽了严刑拷打，威逼恐吓，都未曾放弃对爱情与自由的渴求。失身使她的人生彻底发生了改变。她再不是天真烂漫的小姑娘了，而转变成为一名勇敢、成熟的斗士。痛苦没有使她一蹶不振，相伴而来的是清醒与怒火。她历尽艰险从费尔南那儿逃了出来，披头散发地出现在正商议对策的羊泉村众人面前，向着那些甘受奴役的懦弱者们宣泄着鄙夷与不满：

看看这里，这是拷打的鲜血和伤痕。你们不是高贵的男人吗？

你们看到我这么痛苦，难道不心如刀割吗？你们是一群羊，这个地方叫羊泉村，确实恰当。

劳伦夏甚至不再认自己的父亲，因为他没履行做父亲的责任——没能保护女儿的清白。她不能容忍这种屈辱，愤怒地喊道：

你们是石头，是铁石心肠……

你们生来就是胆小的兔子，你们是野蛮人，不是西班牙人。你们是懦夫，容忍自己的妻女供人取乐。

你们腰佩利剑是为的什么！倒不如把纺锤挂在你们腰间。

劳伦夏的遭遇燃起了整个村子的愤怒，她的正义的呼声更是将这种愤怒一股脑地释放出来。在这位成长起来的女英雄带领下，全体村民一呼而起，冲进城堡，打死了费尔南，割下他的首级示众。费尔南的死完全是咎由自取，他的可耻下场向世人表明了多行不义必自毙！

▲ 欣赏与评析

《羊泉村》这部戏剧作品具有浓厚的民族情节。作品通过一系列戏剧人物形象，说明善良的人民是不可欺侮的，民间的意志是不可违背的，这实际上是对西班牙人民民族精神的歌颂，《羊泉村》在西班牙舞台上常演不衰，得到人们的共鸣，恐怕正是基于剧情所蕴涵的民族情结。

从剧本形式上看，《羊泉村》采用了三幕剧的形式，这是典型的西班牙民族传统喜剧的形式，剧本侧重于表现人物的行动，而人物性格则相对固定。在继承传统的基础上，维加也进行了创新的探索，如他把“荣誉”和“美德”作为戏剧表现的主要对象，就是对传统戏剧创作理念的丰富。

在剧尾，法官对肇事者进行审讯，从老人到儿童，无论受到怎样的严刑拷打，他们都紧咬牙关，只给出一个回答：“是羊泉村！”谁都不肯说出杀死队长的人的名字，三百人无一变节，最后国王只好亲自下令无罪释放。

戏剧《羊泉村》创作的成功在于剧作家塑造了劳伦夏这个光彩动人的人物形象。她天生丽质，热爱生活，对未来充满美好的向往。在情感问题上，她有着传统的美德，自重自爱，珍惜自己的荣誉。村民弗隆多索倾心追求她，她却没有轻易表态，而是考验对方的人品与忠诚。她不畏惧权势，对费尔南·戈麦斯的无礼行为给予严正的拒绝。不管费尔南·戈麦斯采取软的还是硬的手腕，以致拷打折磨，劳伦夏都毫不屈服。这充分显示了劳伦夏性格中坚贞与刚强的一面。劳伦夏姑娘是极其善良的，可是一旦邪恶势力践踏了她的尊严和荣誉，她就会奋起复仇。我们看到，村民们正是在披肩散发的劳伦夏的鼓动下，发起对费尔南·戈麦斯的攻击，使这个恶棍得到应有的惩罚。劳伦夏从一个善良、刚强、自爱的美丽姑娘演变为一个领导村民抗暴的勇敢机智的英雄，这种性格逻辑是在与恶势力的抗争中完成的。这就使得劳伦夏的形象闪烁着动人的光辉，也使得她的精神得到升华，她的行动不仅仅是为了个人复仇，同时也是为了把村民们从恶势力的控制下解放出来。因而，在这一形象身上，也闪烁着民主思想的光芒。

6. 《人生如梦》

［西班牙］卡尔德隆

▲ 书海导航

西班牙戏剧家卡尔德隆的《人生如梦》是西班牙文学史上不朽的戏剧名著。

《人生如梦》在当时是一出亦真亦幻的怪剧。它很容易让人联想到《俄狄浦斯王》，但似乎又是对古希腊悲剧的一种戏谑性模拟或

"解构"。此剧的最早版本发表于1635年，全剧讲述的是发生在波兰国王巴西利奥和王子之间的故事。

《人生如梦》似乎综合了希腊传说和佛陀故事，从而给出了命运无常的虚无思想。但反过来看，无常又意味着有常。为了打破这种无常的有常，卡尔德隆使王子放弃了报复和王位，自由地回到了"自然"的怀抱。于是，"小主题"自由意志终于超越了"大主题"命运的羁绊。这无疑暗合了卡尔德隆放弃宫廷生活而皈依宗教的心境。另一个"小主题"荣誉是西方文学的一个永恒的主题。在卡尔德隆的笔下，荣誉源自爱情，又超越爱情，与王子对自由和命运的认识相辅相成。

卡尔德隆作为处在西班牙巴罗克艺术鼎盛时期的伟大作家，对古典主义的文艺观采取了游离的态度。不再像亚里士多德、贺拉斯和朗吉弩斯那样执著于"客观现实"，而是叛逆地把笔触伸向了内心和神秘。从这个意义上说，戏剧《人生如梦》继承了"荷马把说谎说得圆的艺术"（亚里士多德《诗学》）。

这样一出亦真亦幻的戏剧在当时大获时人赞赏，在西班牙各地久演不衰。它充分说明了17世纪上半叶西班牙文学及文学市场所达到的向度和维度确实已经非常深广，也说明卡尔德隆的戏剧题材选择方面的超凡脱俗、不拘一格。

◇ 作者档案

卡尔德隆，出生马德里的一个贵族家庭，父亲是宫廷财政部秘书。卡尔德隆曾就学于马德里的耶稣会学校，后入萨拉曼卡大学学习哲学和神学。他在大学期间就开始诗歌创作。1623年，他的第一部剧本《爱情、荣誉和权利》在宫廷上演。从此他投身戏剧创作。他进入戏剧界时，正值西班牙著名戏剧家洛贝·德·维加创作的后期。卡尔德隆接受了维加的良好影响，在一次诗歌比赛中还受到维加的称赞。

卡尔德隆一生写作了120部剧本和76部宗教短剧，主要作品有：喜剧《精灵夫人》、历史剧《坚贞不渝的王子》、宗教剧《医生的荣誉》和《秘密的伤害，秘密的报复》、剧本《萨拉梅亚的镇长》。他最著名的戏剧就是讲述波兰王子塞希斯蒙多半生经历的《人生如梦》。

卡尔德隆是继洛贝·德·维加之后西班牙文艺复兴后期最著名的戏剧家，他不但形成了一个独特的戏剧流派，有一些追随者，而且对后世的戏剧，特别是19世纪德国浪漫主义戏剧产生了相当重要的影响。

▲ 内容精要

波兰国王巴西利奥善观星象，结果发现他的王子齐格蒙特将抢班夺权并将成为喜怒无常的一代暴君。因此，王子出生后不久即被送进深山，过着与世隔绝的生活。光阴似箭，日月如梭，一眨眼王子已经长大成人。好奇而又担心的国王为了测试自己的星象学是否灵验，决定把王子麻醉后召进宫来。王子醒来，见自己高居国王宝座，顿时不胜惊喜。然而当他得知原委和自己的身世后，又禁不住勃然大怒。国王见状后深信星象已经应验，便又将王子麻醉后送回深山囚禁，王子在山中醒来，见一切都已化为乌有，以为是自己做了个梦。与此同时，国王决定把王位让给他的外甥。但是众大臣及百姓不服，他们苦谏未果后纷纷逃往山林，向王子说明真相并鼓动王子起兵造反。大战伊始，国王的人马即溃不成军。最后，王子攻入首都，国王被迫投降。然而，王子对得来全不费工夫的王位半信半疑，根本不知道眼前的一切是真是假、是梦是醒；或者他大彻大悟，认为人生原本就是一个梦。

在王子的故事中还交叉着罗萨乌拉的爱情纠葛。当王子被国王遣送到遥远的森林时，父亲克洛塔尔多告别幼小的女儿，忠心耿耿地陪伴着、照顾着王子。后来，罗萨乌拉长大成人，她深深地爱上了莫斯科王子阿斯托尔夫并不惜以身相许，岂料阿斯托尔夫是个薄情之人。罗萨乌拉百无聊赖，跟随一个叫克拉林的小丑四处寻找阿斯托尔夫。机缘凑巧，让罗萨乌拉与王子相遇相爱，但王子为了罗萨乌拉的名誉和尊严，最终忍痛割爱（并不惜牺牲表妹埃斯特莱娅的爱情），将她许配给了翻然悔悟的阿斯托尔夫，从而成全了一桩美满婚姻。

▲ 欣赏与评析

戏剧《人生如梦》明显地具有东方文化的印记。多数学者认为它经由《圣经》来到西班牙，同时又与阿拉伯文化（比如苏菲神秘主义）和印度文化融合，成就了卡尔德隆那亦真亦幻、似梦非梦的艺术主题。这一主题不仅反映了16、17世纪西班牙文坛的神秘主义和虚无主义倾向，而且绝妙地给出了诗人对西班牙帝国盛极而衰的慨叹：所谓世事沧桑，如白云苍狗。与这一“大主题”齐头并进的至少还有三个“小主题”：命运、自由和荣誉。命运作为一个永恒的主题，在《圣经》、古希腊文学和佛陀故事中均有体现。《圣经》从失乐园到赎罪到复乐园是一个轮回，俄狄浦斯从被遗弃到破司芬克斯之谜到弑父娶母是一个轮回，佛陀从囹圄到出游到顿悟也是一个轮回。第一个轮回以上帝的告诫和违反告诫的原罪说为契机，第二个轮回由预言贯穿，第三个轮回则是一个梦：佛陀的母亲摩耶夫人在儿子入床的那天夜里梦见一头六牙大象闯进了肚子。此梦被巫师释读为她的儿子将超越他的父王，以致统治整个世界。于是，摩耶母子被关进了牢房直至他们完全不谙世事。而这恰好促成了佛陀被僧人点化或者在生老病死面前顿悟而成为佛陀：他第一天外出，就遇见了一位驼背老人，车夫告诉他说谁都有那么一天。第二天，他见到一个病人，车夫又告诉他说谁都有那么一天。第三天，他见到一具棺材，车夫还是告诉他，谁都有那么一天。最后，他见到了一个无欲无求四大皆空的僧人，便追随而去，终于大彻大悟，有了菩提树下修炼成佛。这个美妙的故事与《俄狄浦斯》如出一辙。多数教派把它视为象征生老病死的寓言。唯有大乘宗解释不同。大乘宗认为人生本来就是一场梦。

除了展示哲学思想，卡尔德隆奉行的是情节至上的戏剧观，因此他的剧作不仅结构巧妙，而且常常出奇制胜。像《人生如梦》这样的剧作，即便是在现代主义和后现代主义洗礼之后的世界文坛，也依然具有迷人的效果。它那奇特的处理方式不仅模糊了现实与梦幻的界限，并在极其庄严的气氛中给出了人生无常似有常的游戏法则；而最终的最终，自由和荣誉超越所有（命运、爱情）羁绊，升华成为永恒。

7.《仲夏夜之梦》

［英］莎士比亚

▲ 书海导航

莎士比亚最初创作的几部喜剧，比如《错误的喜剧》（1592）、《驯悍记》（1593）、《维洛那二绅士》（1594）和《爱的徒劳》（1594），在思想与艺术方面都显得比较肤浅粗糙。直到1595年完成的《仲夏夜之梦》，他才将现实与幻想、严肃与可笑、抒情与幽默完美地结合在一起，从而标志着他的喜剧创作进入了一个成熟的阶段。

从现存剧本来看，《仲夏夜之梦》可能是为庆祝贵族的婚礼而创作的，因为它把当时假面剧中的歌曲、舞蹈、诗歌等成分都吸收了进来。剧本的个别情节取材于普鲁塔克的《希腊罗马名人传》、奥维德的《变形记》和乔叟的《坎特伯雷故事集》，但它的真正来源却是莎士比亚故乡的民间传说、神话和谣曲，以及他在乡村集镇上看过的工匠演出。因此，《仲夏夜之梦》可以说是由莎士比亚故乡优美的自然环境和古朴的社会风俗所孕育出来的一颗明珠，或者正如艾耶加尔在其《莎士比亚，他的世界与艺术》（1964）中所言，是“这个斯特拉福人创造性头脑中的第一块纯净的莎士比亚式的大理石”。

《仲夏夜之梦》在莎士比亚全部喜剧中是最富于浪漫主义气息的作品，莎士比亚似乎越来越离开了对平凡生活的描写，加强了喜剧的幻想性和抒情色彩。这里有神奇的森林，有神奇的仙王和仙后，也有神奇的小精灵迫克和神奇的“爱汁”。于是，在柔和的月光下，奇花异草散发出醉人的芳香，无数动物闪现着可爱的身影，两对恋爱中的年轻人在仙境般的森林里遭遇了一场仲夏夜之梦……

◇ 作者档案

莎士比亚（1564—1616），16 世纪后半叶到 17 世纪初英国最著名的戏剧家和诗人，欧洲文艺复兴时期人文主义文学的集大成者。出生于沃里克郡斯特拉特福镇的一个富裕市民家庭，曾在当地文法学校学习，从小就对戏剧表演深感兴趣。13 岁时家道中落，辍学经商。约 1586 年前往伦敦，先在剧院打杂，后凭借自己的努力逐渐成为剧院的演员和剧作家。1608 年前后，回到故乡定居。1916 年 4 月 25 日逝世。

莎士比亚在戏剧和诗歌创作方面都作出了巨大的贡献。自 1590 年至 1612 年，他共写有 57 部戏剧，154 首 14 行诗，两首长诗《维纳斯与阿多尼斯》（1592—1593）和《鲁克丽丝受辱记》（1593—1594）以及其他诗歌。在诗歌创作上，莎士比亚的主要成就是 14 行诗。但他一生最主要的文学成就还是体现在戏剧创作上。根据他的作品和作者思想变化的情况，他的戏剧创作一般可分为三期：早期是历史剧与喜剧创作时期，代表作有历史剧《理查三世》（1592）、《亨利四世》（1597）等九部以及喜剧《仲夏夜之梦》（1596）、《第十二夜》（1600）、《皆大欢喜》（1600）等十部，此外还有《罗密欧与朱丽叶》（1595）等三部悲剧；中期是悲剧创作时期，代表作有《哈姆雷特》（1601）、《奥赛罗》（1604）、《李尔王》（1606）、《麦克白》（1606）等七部作品，此外还有《终成眷属》、《一报还一报》等四部具有悲剧色彩的喜剧；后期为传奇剧创作时期，代表作有传奇剧《辛白林》（1609）、《冬天的故事》（1610）、《暴风雨》（1611）三部以及一部历史剧《亨利八世》。

在西方国家，一般人家必备有两本书，一本是《圣经》，另一本就是《莎士比亚全集》。1984 年选举世界 10 名伟大作家时，莎士比亚名列第一。这些都说明莎士比亚是有史以来最负盛名的作家之一。他被誉为“奥林匹亚山上的宙斯”。英国还有句谚语：“宁可不要 100 个印度，也不能没有莎士比亚。”由此可见一斑。如今，“莎学”已成为一门世界性的学问，其作品已被译成 70 种文字，成为仅次于《圣经》的印刷品。

▲ 内容精要

《仲夏夜之梦》的背景发生在古希腊的雅典及其郊外的森林里，它的主要情节是由几个年轻人的爱情矛盾构成的。雅典贵族伊吉斯要把他的女儿赫米娅许配给狄米特律斯，可是赫米娅却拒不服从父命，因为她已经爱上了另一个名叫拉山德的青年。于是，伊吉斯来到雅典公爵忒修斯那里控告自己的女儿，忒修斯根据古老的法律，要求赫米娅嫁给狄米特律斯，否则将判她死罪。赫米娅与她的情人拉山德商量一起逃出雅典，并约定晚上在郊外的森林里会面。赫米娅把这一私奔的计划告诉了她的女友海丽娜，可是，她万万没有想到，海丽娜为了讨好自己苦苦追求的狄米特律斯，竟向他透露了这一行动计划。

赫米娅与拉山德约定见面的森林，是仙王奥布朗、仙后提泰妮娅和那些小精灵时常出没的地方。这天夜晚，皎月当空，仙王和仙后又闹翻了。为了报复骄傲的仙后，仙王命令小精灵迫克去采集一种相思花的汁液，以便趁仙后睡着的时候把这种“爱汁”滴在她的眼皮上，她醒来后第一眼看见什么，就会疯狂地爱上什么。不一会儿，海丽娜跟随狄米特律斯来到了森林，她苦苦地乞求爱情，却遭到了小伙子的粗暴拒绝。仙王深深同情海丽娜的遭遇，便吩咐小精灵迫克把“爱汁”滴在狄米特律斯的眼睛里，促使他爱上这个可怜的姑娘。

真是无巧不成书，赫米娅和拉山德也很快来到了森林里。可是，他们没走多远，赫米娅就累极了，他们便在草地上躺下，很快进入了梦乡。粗心的迫克把拉山德当作了狄米特律斯，往他眼睛里滴了一些小紫花的汁液。恰好海丽娜从这儿走过，拉山德醒来第一眼看见的就是她，于是便撇下原来的情人，反而拼命去追求海丽娜。迫克发现自己的错误后，又急忙在狄米特律斯的眼皮上涂了一些“爱汁”。狄米特律斯第一眼看见的也是海丽娜，也开始对她说起痴情话来。吃惊的海丽娜以为自己受到了嘲弄，跟同样吃惊的赫米娅争吵起来。而狄米特律斯与拉山德则为了争夺海丽娜的爱，准备在树林里决斗。

与此同时，仙王奥布朗也在睡着的仙后提泰妮娅的眼睛里滴了些“爱汁”，并把驴头套在了一个名叫波顿的织工头上。由于花汁的神奇作用，仙后醒来之后第一眼就爱上了这个长着驴头的怪物，让他躺在自己的怀里睡起觉来。仙王见此情景，就嘲笑仙后把爱情滥用在一头毛驴身上。最后，仙王把驴头从织工波顿的头上取了下来，又往仙后的眼睛里涂了些解除魔力的花汁，他们终于言归于好。

淘气的迫克为了补救过失，让两对情侣都沉入睡梦之中，然后用解药涂在拉山德的眼皮里。这样，等到拉山德醒来后，又重新爱上了赫米娅。而狄米特律斯则依然真心地爱着海丽娜。他们惊奇地发现赫米娅的父亲伊吉斯也来到了森林。当伊吉斯得知这一切后，便不再反对女儿嫁给拉山德，答应他们四天以后可以举行婚礼。看到这两对年轻人的恋爱都得到美满的结局，仙王与仙后也感到非常高兴。至于这两对情侣呢，谈起夜里的奇遇，谁也弄不清事情是真正发生过，还是他们都做了一场美妙的仲夏夜之梦。

▲ 欣赏与评析

《仲夏夜之梦》是一部杰出的戏剧作品，它所取得的艺术成就也极高。

这部作品有着出色的结构安排，有着多条情节线索，也可以说是多种喜剧因素的巧妙结合。与莎士比亚的大多数喜剧一样。这个剧的情节很丰富，它至少包含四条情节线索，它们来源不同，且又相互独立，反映出现实生活的不同侧面，体现出了各自所特有的喜剧色彩。取材于古希腊传说的忒修斯和希波吕忒的故事。是以历史传说为背景，用以反映当时英国社会即莎士比亚时代贵族阶层的思想感情和习俗风貌；贵族骑士式的爱情和婚姻喜庆仪式上的欢乐气氛，在舞台上得到了淋漓尽致的表现。在“粗鲁的手艺人”波顿和他的朋友们的故事中，我们看到了一群来自社会下层然而却是憨厚朴实、幽默风趣的人物。他们为庆贺忒修斯和希波吕忒的婚礼而根据希腊神话传说进行改编的关于皮拉摩斯和提斯柏的“恋爱悲剧”，由于他们的生硬模仿和滑稽表演，收到了令人捧腹的喜剧效果。雅典城的四个青年男女之间的爱情“纠葛”，虽然人物的身份属于古代，反映的却是剧作家所生活着的时代的“恋爱”面貌。作者对于当时颇为流行的“一见倾心”式的狂热爱情进行了夸张性的描绘。既反映出了年轻人感情的热烈、奔放，又表现出了他们冲动的盲目，理智的缺乏。这一切，都会使人忍俊不禁。最后。在奥布朗和提泰妮娅这对仙王、仙后的幻想性故事中人们看到了夫妻生活中所出现的矛盾和问题，看到了仙王对仙后的惩治性戏弄。仙后由于爱汁的作用而爱上了一头“蠢驴”。他俩耳鬓厮磨，难舍难分。其情其状真是令人啼笑皆非。

这样众多的题材甚至相互独立的故事是如何糅合成为一个整体的呢？莎士比亚的手法，就是使它们在同一个时间里，在一个基本相同的地点上，相互交织在一起。并且使其相互作用，相互影响。忒修斯和希波吕忒的故事可以视为全剧的“框架”，剧情由它开始，由它结束。其他的故事都包含在这个“时间范围”之内；雅典城外的森林，则是所有人物活动的“场所”。忒修斯在伊吉斯的请求下，宣布雅典古老而严厉的法律继续有效，迫使四个青年恋人先后进入“森林”；同时，手艺人选择“森林”作为他们排练节目的“天然舞台”；仙王、仙后以及仙精们则以“森林”作为他们游玩消遣的理想场所，这一切，都显得十分自然。可以说，不同来源、不同目的的三方面人物，不约而同地会聚到了“森林”之中，而且又是在如此恬静、安谧的仲夏之夜。在这里，一切都充满了诗情画意：深邃的旷野、浓密的林木；柔美的月光，悦耳的泉流；丛生的花草，缕缕的清香，为整个喜剧的展开创造了最诱人的环境和气氛。

《仲夏夜之梦》，这部剧作具有强烈的幻想性与抒情性，是两者的完美融合，因而体现出了别具一格的喜剧风格。在这个剧中，莎士比亚凭借他那高超的想象力，把梦与醒、人与仙、影子与实体、幻想与真实、光明与黑暗、欢快与忧虑等因素具体化、形象化，使自然与超自然、生命与非生命、意识与无意识、瞬间与永恒、有限与无限全都消失其原本的界限，融汇成为一个超越时间与空间、凌驾于历史与现实之上的神妙境界，一个水晶般透亮、迷人的世界。正是在这样的世界里，“人力”让位于“神力”，“现实”让位于“精神”，从而展现出了一幕幕“惊人”的喜剧。拉山德的“突然”追逐海丽娜，提泰妮娅“突然”爱上了一头驴子，都是由于“爱汁”作用的结果。这在现实生活中当然是不可思议的事，完全是出于作者的想象；然而，这种想象又是来源于对生活的深切感受：青年人的恋爱与婚姻，由于“一见倾心”的巨大作用，使他们的情绪有时狂热冲动、急躁难熬，有时一落千丈、冷若冰霜，呈现出了如同“疯子”般的变幻无常、捉摸不定，像是受到了某种无所不能的“神力”的主宰似的。这样“恋人”——“疯子”——“神力”，通过诗人的想象，也就迅即沟通起来，组合成为“三位一体”的东西了。正如作者通过忒修斯之口所指出的：“情人们和疯子们都富于纷乱的思想和成形的幻觉，他们所理会到的永远不是冷静的理智所能充分了解。”同时，“诗人的眼睛在神奇的狂放的一转中，便能从天上看到地下，从地下看到天上。想象会把不知名的事物用一种形式呈现出来，诗人的笔再使它们具有如实的形象，空虚的无物也会有了居处和名字。”正是基于这样的认识，作者的想象通过“神奇的狂放的一转”就把全剧放到了一个远离人世的如同仙境般的“森林”之中，放到了最能引起人们遐想的“仲夏之夜”里。并且借助于“神力”（“爱汁”）的作用，使“奇怪得不像会是真实”的情节，得以自然而令人信服地展开，从而取得了奇异的喜剧效果。

在这个剧中，作者的想象与幻想，又是跟写景状物、抒发感情融合交织在一起的，抒情的作用明显增强，情节的展现相对减弱，因而从始至终，全剧就像是一支连续不断的戏剧化的抒情歌曲。

在剧中，一些优美的对白，展现出如画如锦的景象，回荡着低沉委婉的旋律，又蕴涵着多少温柔纤细的情愫，体现出作者多么活泼丰富的想象。即使在莎士比亚其他更为成熟的剧作中，像这样声情并茂、情景交融的佳句也是不多见的。

8.《哈姆雷特》

［英］莎士比亚

▲ 书海导航

《哈姆雷特》是莎士比亚的四大悲剧之一。它是莎士比亚全部戏剧创作中成就最高的一部作品，大约写于1501年。

像莎士比亚通常所做的那样，《哈姆雷特》的故事也是根据前人作品改编的。它的最初来源是丹麦历史学家沙克索·格兰马狄克斯的《丹麦史》（1200），也见于法国作家贝尔弗莱斯特的《悲剧故事集》（1576）。

在莎士比亚之前，英国舞台曾上演过一出同名剧本，一般学者认为它是托马斯·基德（1558—1594）的作品。当然，不论《哈姆雷特》源自何处，莎士比亚都能化腐朽为神奇，使这个古老的故事重新焕发出璀璨的光芒，也引发了人们对这部悲剧的无穷无尽的思考。

歌德当年写下一篇题为《说不尽的莎士比亚》的论文，其实，说不尽的岂止是莎士比亚，说不尽的也是《哈姆雷特》及其评论！据英国学者哈里·列文在《哈姆雷特问题》(1959)一书中的统计，自从1877年以来，几乎每十二天就有一部论《哈姆雷特》的专著出版。有关这一悲剧的参考书目数量之多，在西方学术史上是罕见的。近些年来，原型批评、结构主义批评、解构主义批评和新历史主义批评也就《哈姆雷特》展开讨论，观点与方法更是众说纷纭，层出不穷。

400多年以来，围绕这个剧本所展开的争论从来没有停止过，以致西方有一句谚语："有一千个观众，就有一千个哈姆雷特。"由此可见，一部艺术作品的丰富意蕴，是一个不断积累的过程，是历代读者理解和批评的结果。正是通过读者的不断接受，才赋予《哈姆雷特》以不朽的生命力。

◇ 作者档案

莎士比亚（见《仲夏夜之梦》）。

▲ 内容精要

丹麦国王老哈姆雷特突然逝世后不到两个月，王后乔特鲁德就和国王的弟弟、新国王克劳狄斯结了婚。这一连串事情在朝中引起了议论，有些大臣认为乔特鲁德轻率无情，居然嫁给了可憎卑下的克劳狄斯。甚至有人怀疑克劳狄斯是为了篡位娶嫂，卑鄙地害死了已故的国王。在无数天悲哀的日子里，年轻的王子反复思量着他敬爱的父亲是怎样死的。虽然克劳狄斯宣称国王是被一条蛇咬死的，但敏锐的哈姆雷特怀疑克劳狄斯就是那条蛇，而且，他猜测母亲乔特鲁德也有可能参与了谋杀。

丹麦王子哈姆雷特听王家城堡上的哨兵报告，城垛上出现了一个酷似先王的幽灵，他决心前往一遇，希望亲自向显灵的鬼魂打探一下真相。第二夜他果然遇见了它，并在和它的对话中，证实了他的最大的疑虑：原来正是先王的兄弟克劳狄斯，在先王熟睡时谋害了他，随即篡夺了他的王位，并娶了孀居的王后。鬼魂告诫他，要严守秘密，伺机为他报仇，然后消失了。

慑于这个可怕的秘密和所承诺担任的艰巨任务，哈姆雷特似乎得了某种癫狂症，也不妨看作是伪装的，借以掩饰他或有了行动计划。于是，他给他的情人奥菲利娅、御前大臣波洛涅斯之女，写了一封热情、晦涩而又不相连贯的情书。这时，一个江湖戏班来到了城堡，在王子哈姆雷特的授意下，给国王、王后和朝臣们演了一出戏。

这出戏演的是威尼斯大公被谋害、其孀妻后来嫁给了凶手的故事，这与丹麦先王驾崩的情况十分相似。在演出过程中，哈姆雷特所注意的不是演员们的演技，而是叔父的表情和动作。后者感到自己的罪行似为哈姆雷特所察觉，仓皇起身离去。哈姆雷特不再怀疑鬼魂的倾诉的真实性，决心要实现他曾经发誓执行的复仇计划。母后也为该剧的意旨所震惊，把哈姆雷特找来责备一番。哈姆雷特以责备答复责备，使母后陷于羞耻和自责的尴尬境地。如果不是鬼魂及时显灵，哈姆雷特可能采取更加激烈的措施。奥菲利娅的父亲波洛涅斯窃听了这番对话，被哈姆雷特误作国王刺杀。

朝廷决定放逐哈姆雷特。他的两个旧日同学受命陪送他前往英国，并被密令在当地将他处决。但是，由于阴错阳差，这桩暗算竟落到两个同谋者身上。哈姆雷特终于回到了丹麦。他遇见一件奇观：一名少女的葬礼，由于国王、王后和朝臣们亲临现场，受到极大的哀荣。就在奥菲利娅下葬的时刻，哈姆雷特回到了家。那个不幸的少女，为情人的癫狂、父亲的暴卒和兄长雷欧提斯的失踪不断焦虑和悲伤，以致自己精神失常。她在宫廷周围边唱歌边撒花，游荡了几天，终于来到一个河岸失足淹死。

当他发现这是奥菲利娅的葬礼，哈姆雷特痛不欲生。他跳进了墓穴，同也是刚回家的雷欧提斯殴斗起来。雷欧提斯也想杀死哈姆雷特，因为他认为他是他家所遭遇的全部灾殃的根本原因。意识到雷欧提斯的深仇大恨，克劳狄斯认为可以加以利用，以便置哈姆雷特于死地。他向雷欧提斯秘密建议，同哈姆雷特举行一场击剑友谊赛。实际上，雷欧提斯的剑是蘸了毒的，哈姆雷特毫无觉察，同意在国王面前试验一下剑技。国王为哈姆雷特准备了一杯毒酒，如果他躲脱了蘸毒的剑锋的话。雷欧提斯和哈姆雷特于是开打起来。哈姆雷特赢了一两个回合之后，王后为了向哈姆雷特祝贺，无心地举起那杯毒酒，向他干杯。这时，雷欧提斯先刺伤了哈姆雷特，接着在混战中，两人换剑，哈姆雷特转而用对方奸险的剑锋刺伤了雷欧提斯。王后死于毒酒。雷欧提斯倒地，死前承认他的罪恶阴谋，并请求王子宽恕。哈姆雷特则以其死前所余的全力扑向国王，直至刺穿这个篡位者的心脏。

▲ 欣赏与评析

《哈姆雷特》这部著名的悲剧看似一个复仇的悲剧，可是它的意义却远远超出了传统的复仇剧。丹麦王子哈姆雷特的父王猝死后，其弟即哈姆雷特的叔父克劳狄斯继承王位并娶嫂即哈姆雷特的母亲为妻。父王的冤魂告诉哈姆雷特他被害的真相，并敦促他为父报仇。哈姆雷特顿时感到理想的幻灭和现实的丑恶。对于这位深受人文主义理想熏陶的王子来说，老哈姆雷特是人类完美贤明的代表，而他父母之间的关系又是人类和谐圆满关系的象征，弟篡兄位、夺嫂为妻、父死母嫁、叔嫂通婚这一连串叛逆与乱伦的丑行引起了哈姆雷特对美好世界的怀疑和对人类善良观念的动摇。于是，个人的悲剧演变成了社会的悲剧。

《哈姆雷特》在莎剧中所引发的争论恐怕是最多的。对莎士比亚用语言编织而成的哈姆雷特形象的评论，已经远远地超出文学评论的领域，拓展到社会学、心理学、人格学等各个层面。哈姆雷特延宕之谜还能再解吗？对此问题的回答不能求助于某一理论言述，而是必须先把握哈姆雷特延宕的原初现象。本文认为要求得到对哈姆雷特之谜的一个解答，首先必须从决定哈姆雷特延宕的人心秩序、精神气质或体验结构出发。因为，只有先追究出支配哈姆雷特的心性气质的意识结构，才会对他的延宕有一个较为合理的理解，进而才能理解哈姆雷特悲剧的本质及原因。其次，不能仅仅停留于对《哈姆雷特》文本的阐释上，要将莎士比亚的创作置于西方现代性问题的大视野中来加以分析。哈姆雷特悲剧的意义显然超出了文艺复兴一个世纪，他是西方现代化进程的一个牺牲品。

莎士比亚把这个人物放在这样的环境中，在这个环境中他不得不当机立断——哈姆雷特是勇敢的，也是不怕死的。但是，他由于敏感而犹豫不定，由于思索而拖延，精力全花费在作决定上，反而失却了行动的力量。哈姆雷特理想崇高，思想深刻，在一个“脱了节”的时代立志重整乾坤，但他又耽于沉思、自责、自我怀疑，加之忧郁与孤独，于是一再拖延复仇计划。他身上集中体现着文艺复兴运动中人文主义者的优点和缺点以及他们的迷惘、矛盾和痛苦。反映着16—17世纪初人文主义思想的危机。哈姆雷特的精神苦闷具有超越时空的意义，他已成为世界文学中不朽的典型形象。

《哈姆雷特》不仅显示了莎士比亚思想的深刻，还显示作者艺术上的成熟和才华。剧中除了描写哈姆雷特的复仇情节线索之外，还安排了雷欧提斯和挪威王子布拉斯的两条复仇线索，以相互联系和衬托。在复仇情节之外，莎士比亚还写了哈姆雷特和奥菲利娅之间的爱情，哈姆雷特和合霍拉旭之间的真诚友谊，哈姆雷特和背叛自己父王的母亲复杂的关系等。在突出悲剧的阴郁、灰暗、紧张的氛围的同时，作者又插进了嘲讽的诗句和插科打诨的幽默场面，使得戏剧达到“崇高和卑下、可怕和可笑、英雄和丑角的奇妙的混合”，显示出丰富的任务性格和五光十色的社会画面。

9.《罗密欧与朱丽叶》

［英］莎士比亚

▲ 书海导航

《罗密欧与朱丽叶》是莎士比亚早期剧作中比较出名的一部反

映现实生活的反封建的爱情悲剧。作品取材于意大利的故事，带有人文主义思想的两个贵族青年不顾家庭的反对而真诚勇敢地相爱，抛弃了为家族复仇的落后的传统观念，违抗封建家庭的命令和戒律，追求幸福自由的爱情，最后为爱殉身。主人公的悲剧结局哀婉凄丽，表现了人文主义思想和封建观念、封建势力之间的不可调和的尖锐矛盾，而最后又以人文主义理想的失败告终，这就使作品具有了更深刻的社会现实意义，促使人们更加深入地思考失败的原因，在与封建思想和封建势力的斗争中总结经验教训，为人文主义的最后胜利做好准备。但作品最后以两家和解而结束，又加上了一个光明的尾巴，显示了大团圆的乐观主义色彩，在一定程度上削弱了作品反封建的力度。全剧充满了浪漫主义的情感。展示了早期人文主义乐观的特点，给人以无穷的思索和艺术回味。

◇ 作者档案

莎士比亚（见《仲夏夜之梦》）。

▲ 内容精要

大贵族凯普莱脱（朱丽叶家）和蒙太古（罗密欧家）有世仇，两家的主人甚至仆人只要在街上碰面，就必然会造成一场影响巨大的流血事件，使全城的居民失去了生活的宁静与和平。一次，罗密欧戴着假面具在无意中闯进了朱丽叶的生日宴会，两人一见钟情，双双陷入情网。两人因为家庭的世仇而都感到深深的忧虑，但残酷的现实并没有阻止他们相爱的勇气，而是在爱情力量的鼓舞下真诚地爱着对方。就在当天晚上，罗密欧潜入朱丽叶的房间与情人秘密幽会；第二天就去恳求修道院的长老为他们主持秘密婚礼，长老答应为他们保守秘密。可是不久发生了一件意外事件，打破了两人想通过长老的斡旋而公开他们的婚姻关系并得到双方家庭认可的美好想法。

一次，两家的人在街头相遇，又发生了习惯性的仇杀。朱丽叶的表哥提伯尔特向罗密欧的好友茂丘西奥挑衅，在罗密欧想要劝说两人分开的时候，提伯尔特趁机杀死了茂丘西奥，忍无可忍的罗密欧于是杀死了前者。审判时，罗密欧证明是出于自卫替友报仇，才被从轻处罚，驱逐出境。该城的亲王是茂丘西奥的近亲，对于茂丘西奥的死十分悲痛，加之对两家的仇杀很恼怒，因此下令罗密欧必须在24小时内离境，并永远不得回来；绝望的罗密欧只好到修道院与情人告别。朱丽叶不久被父母逼迫嫁给帕里斯伯爵；长老给她一服可以假死的迷药，同时又派人给罗密欧送信，要他秘密回来救朱丽叶。不幸的是由于瘟疫的流行，送信的人被关进隔离所而耽误了行程。罗密欧得到朱丽叶惨死的消息后悲痛万分，在墓地前杀死了帕里斯伯爵，然后在朱丽叶的遗体前饮毒药自尽。苏醒后的朱丽叶见状摘下罗密欧的佩剑自刎而死。这对青年的死终于化解了两家的世仇，恢复了全城的和平；两家还承认了他们的婚姻，并雕塑金像来表示纪念。

▲ 欣赏与评析

《罗密欧与朱丽叶》是世界戏剧史上经典作品之一，这个剧本之所以有那么长久的艺术魅力，就是因为其中灌注着饱满的人文主义精神。罗密欧和朱丽叶对人文主义精神的执著追求，更显示了他们作为人的一种尊严和价值，剧本因此震撼人心。

该剧戏剧冲突波澜起伏，人物形象性格鲜明。凯普莱特和蒙太古两位封建家长，代表了陈腐没落的封建思想和传统，他们心胸狭窄、武断专横，无视青年人的自由和爱情，酿成了家族之间的仇恨和冲突，给所在的城市带来了动乱，又自食其果失掉了自己的儿女——罗密欧与朱丽叶。这是作者精心塑造的两个人物，是作家寄托人文主义理想的艺术形象。罗密欧出身于封建大家庭，却没有继承封建传统和思想，而是顺应时代发展，背叛了封建家庭，成为一个坚定的人文主义者；他真诚、勇敢，有文化、有能力，有一颗博爱之心；他追求一种自主、自由、美好的爱情生活，哪怕是“错爱”了仇人的女儿，也毫不退缩；他没有门户之见，爱上了朱丽叶，就把凯普莱特的家人当作自己的亲人，一心期望化解宿怨；他对爱情忠贞不渝，为了爱情和爱人，他甘愿被放逐他乡，甚至不惜牺牲自己的生命；他注重友情，在朋友被仇人所杀，他的爱情面临“风险”的时候，他拔刀相助杀了仇人，却使自己的爱情遭遇了一场“灾难”，显示了他的高尚品格。正是在家族矛盾、爱情磨难和朋友情谊等一系列故事发展中，他那人文主义者的精神和风采得到了充分的展示。朱丽叶只是一个 14 岁的贵族小姐，但她勇敢、坚强、智慧，她冲破大家族的重重束缚，大胆地爱上了罗密欧，并把自己的一生托付给了情人；她深知罗密欧被放逐“回归”无望，也绝不愿与少年贵族帕里斯再结姻缘；她几次用智谋骗过父亲，冒着生命危险服下安眠药，都是为了实现她的美好爱情；她把爱情看得和生命同等重要，罗密欧一死，她也结束了自己的生命。

罗密欧与朱丽叶的生死恋情，真是惊天地、泣鬼神。这种纯洁、高尚、悲壮的爱情，使无数世俗的爱情显得黯然失色。

剧中所出现的大量的抒情意象形式，是莎士比亚其他悲剧中所没有的。戏剧中的男女主人公完全沉浸在对爱情的热忱、向往之中，第二幕第二场凯普莱特家花园中，朱丽叶对月的抒怀，表现了青年男女热情的情感交流和相别时的难舍难分，弹奏的是一曲曲情意缠绵的爱的青春颂歌。

剧中有着奔放的青春和充溢的情怀，它所展示的纯洁而又期盼的爱情，是与传统社会观念而相对立的。男女主人公运用死亡这一极端，才实现了尘世所不容的恋情，并且化解了两个家族的仇恨。他们的死，显示了爱情的巨大力量、对现实世界投射出无限的光芒。从这个意义上说，《罗密欧与朱丽叶》的最后结局仍然是一个大团圆。所以，这部戏剧确实更接近于莎士比亚创作于同一时期的喜剧。

10.《熙　德》

［法］高乃依

▲ 书海导航

17 世纪是法兰西封建王朝的“黄金时期”，国家由乱而治，并逐渐呈现出繁荣强大的盛世景况。1624 年，红衣主教黎塞留出任首相，实行专制政权，采取强硬手段管理国家，并于 1641 年创建了法兰西学院，这个机构审查任何作家的作品。黎塞留及其后继者在位期间，法兰西王国持续发展，统一而强盛，到路易十四（1661 年亲政）时期，法兰西王国对内高度集权，对外大拓疆土，成为欧洲最强大的国家。

围绕王权的稳固和王国的利益，剧作家高乃依以西班牙史上的民族英雄熙德的故事为题材，表达忠君爱国的理想，诠释了全国臣民应负的责任。1636 年，高乃依的《熙德》在巴黎上演，引起了巨大轰动。由于剧作主人公所表现的伟大的心灵和崇高的激情，观众普遍欢迎这个作品的演出。凭着《熙德》给他带来的声望，高乃依于 1645 年当选为法兰西学院的院士。

高乃依的成功遭到了黎塞留的嫉恨和一些文人的攻击，法兰西学院于当年发表《法兰西学院关于〈熙德〉的意见书》，诬蔑《熙德》为抄袭作品，并谴责作品违背了古典主义的创作原则。作品上演带来的巨大压力使剧作家被迫搁笔多年。

高乃依对自己晚年的创作很不满意，1674 年他停止了写作。1684 年，这位悲剧大师与世长辞。尽管古典主义的美学原则和审美风尚早已成为历史，但作为法国古典主义戏剧的奠基者，高乃依一直受到人们的尊重和景仰。高乃依创作的《熙德》永远是法兰西文学的辉煌一页。

◇ 作者档案

皮埃尔·高乃依（1606—1684），法国17世纪古典主义悲剧的代表作家。他出生于诺曼底省卢昂城的一个贵族家庭，父亲是当地的一名法官。高乃依从小便在教会学校读书，成为虔诚的天主教徒。中学毕业后攻读法律，1628年起担任律师，业余从事戏剧写作。1629年创作第一部作品——喜剧《梅里特》，该剧在巴黎上演成功，引起黎塞留的注意。高乃依被吸收到黎塞留指定的创作班子写喜剧，不久因意见不合他退出了这个班子，1636年转向悲剧创作。1936年，高乃依创作的轰动全国的悲剧《熙德》遭遇一些文人的批评。

▲ 内容精要

《熙德》的故事背景发生在西班牙的塞维利亚。剧中有男、女主人公及各自的父亲、国王、公主，以及宫中侍从、女傅等人物。其中，男主人公唐·罗德里格和女主人公唐·施梅娜是一对情侣，他们彼此深深相爱，并在满怀憧憬地等待着双方家庭同意他们的选择。但有一天，施梅娜的父亲唐·高迈斯因为嫉恨罗德里格的父亲唐·狄埃格当选了王子太傅而与之争吵，还动手打了狄埃格一记耳光。狄埃格认为这是一个奇耻大辱，是他光荣的家族所蒙受的第一次羞耻，由于自己年迈体弱，他叮嘱儿子为自己报仇。罗德里格得到父亲的嘱咐后十分痛苦，内心展开了激烈的冲突，情感上也备受煎熬。他想到一边是被侮辱的自己的父亲，一边是情人的父亲，如果不替父亲报仇，就要失去荣誉；如果替父亲报仇，就将失去情人。罗德里格的思想和情感陷入了两难境地。最后他决定保全荣誉，为父亲雪耻报仇。于是他挑战唐·高迈斯，并在决斗中把他杀死。罗德里格为自己的父亲报了仇，但却成了情人施梅娜的杀父仇人。施梅娜在爱情与复仇之间也产生了激烈的矛盾。虽然她深爱罗德里格，但父亲被杀使她万分悲伤，她为了贵族家庭的荣誉，请求国王杀了罗德里格。罗德里格深感对不起施梅娜，他等待施梅娜惩处自己，甚至痛苦得想要自杀。

这时摩尔人大举入侵，国家处于危险之中。在这紧要关头，罗德里格带队奔赴前线杀敌，一举击溃摩尔人，成为民族英雄，从而赢得了“熙德”（意为“光荣的君主”）的称号，全城人异口同声地把他赞扬。但他和施梅娜之间的恩怨情仇仍未解决。

在施梅娜这里，她因罗德里格杀了她的父亲，家庭荣誉受损；另一方面罗德里格又是她的心上人，她仍然爱他，甚至光说爱还不够，简直还有些崇拜，她的爱情反抗着她的怨恨，复仇与爱情产生了尖锐的矛盾。她在荣誉与爱情之间，理性与感情之间，也选择了前者，她说“但我的责任毕竟最有力量，会不顾我爱情的阻挡，去将他追究，叫他灭亡”。

施梅娜仍然请求国王为她主持公道，让罗德里格为她父亲偿命。国王试探出施梅娜仍然很爱罗德里格，答应施梅娜让她的替手桑西与罗德里格决斗，胜利者将成为施梅娜的丈夫。桑西是施梅娜的追求者，但他不是罗德里格的对手。罗德里格战胜了桑西，使主要矛盾得到了最终解决。

国王出面劝导施梅娜对罗德里格的功过通盘权衡并与他重归于好。施梅娜听从了国王的劝导，“王上既下了命令，我就只好唯命是从”，放弃了家族利益，欣然同意和自己的“冤家”罗德里格成就姻缘。在此国王是解决矛盾的纽结。罗德里格和施梅娜这对情人的选择充分展现了荣誉压倒爱情、理性战胜感情、个人利益服从国家利益的过程。在国家利益高于一切的前提下，使责任义务与个人感情协调一致，二人结合。

作品中除了施梅娜和罗德里格的故事主线外，还有一条副线，即公主对罗德里格的复杂感情。公主爱着罗德里格，但公主须配君王，而罗德里格只是一个普通的贵族，因此公主满怀痛苦克制自己的爱情，并努力撮合罗德里格与施梅娜，希望借他们的结合来扑灭自己的情火。施梅娜和罗德里格因高迈斯被杀而成为仇敌后，公主的心中又燃起了爱情之火，尤其是罗德里格击败摩尔人后，公主更为倾慕他。但当她发现了施罗二人的真情后，她最终决定忍痛退出角逐，不打断他们的美好爱情。她帮助国王劝导施梅娜抛却哀思，迎接罗德里格。

▲ 欣赏与评析

《熙德》是一个五幕诗剧，他取材于西班牙历史上民族英雄熙德的故事，并参考西班牙剧作家德·卡斯特罗的剧本《熙德的青年时代》写成。高乃依借取了该剧的故事梗概，但注入了新的内容，因此他创作的《熙德》是一部完全不同于前者的崭新作品。

《熙德》全剧始终贯穿着家庭荣誉和个人爱情、理性与感情、义务和欲望的尖锐矛盾，戏剧的中心就是国家的利益和王权的稳固，作品表达了崇尚理性、履行责任、忠君爱国的理念。主人公罗德里格之所以决定与施梅娜的父亲决斗，因为这是他作为家庭一员的责任，他认为自己有义务维护家庭的荣誉。尽管这意味着要失去情人而使他“心如刀绞，痛断肝肠”，但是一个不为父亲洗雪耻辱的儿子将被视为无耻之徒而狗苟蝇营，一个忍受侮辱的人将沦为一个丧失荣誉、受人蔑视的人，他所在的家庭也将蒙受羞耻。因此在荣誉与爱情之间他选择了维护荣誉；在理性与感情之间，他选择了服从理性；在义务与欲望之间，他选择了义务。这就是他选择与施梅娜的父亲决斗的意义。在得知摩尔人入侵之时，罗德里格立即率兵开赴前线，忠诚地为国王效劳，捍卫王国的利益，因为这是作为臣民的责任和义务。国难当头的时候，他作为一个臣民，就得克服恐慌，不顾个人安危，去为国家冲锋陷阵。他击败了摩尔人，便出色地履行了臣民的义务。

《熙德》塑造了个性鲜明的人物形象。罗德里格是品德高尚、意志坚强、勇敢刚直的血性男儿，他的心中怀着深沉而强烈的爱情。当他知道父亲挨打的事后，他既为家族受辱而愤怒，又因为对手是情人的父亲而痛苦。他思考引起这事件的原因，体会着即将丧失荣誉或是爱情的巨大悲痛。经过一番艰难的内心斗争，他毅然决定以责任和义务为重。在与摩尔人战斗时，罗德里格不仅果断勇敢，而且很有计谋，指挥士兵打下埋伏，大胆假托国王的命令，以使杀敌部署顺利执行。他带领的队伍英姿飒爽，士气高涨，使摩尔人即刻溃不成军。尽管他因此赢得了极大的荣誉，他仍对施梅娜一往情深，愿意听命于施梅娜对他的处置。得知施梅娜依然爱他，他立即转悲为喜，斗志昂扬，战胜了施梅娜的决斗替手桑西。他还满怀壮志，即将奔赴边疆为王国再立新的功绩。罗德里格正是这样一个形象饱满、有血有肉的高尚男儿，他坚定刚毅，而又洋溢着充沛的感情，只有在荣誉和国家利益前，他才极力压抑、克制自己的激情，这使他常常处于激烈的内心冲突之中，从而使他的形象颇具浪漫主义的气质。

女主角施梅娜是内心丰富、怀着热烈爱情的多情女子，她时时都在思念心上情人，祈祷父亲同意她的选择，爱情使她的心灵充满喜悦，又隐隐生出忧愁。罗德里格占据了她欢乐的心，她又担心命运会破坏她的幸福。果然，罗德里格与她父亲决斗并杀了她父亲。这突如其来的灾难使她常常泪如飞瀑，要求情人偿命对她既是必须的选择又是残酷的无奈。最后她同意让桑西替她与罗德里格决斗。但正如公主的女傅莱奥诺尔所分析的，这正是施梅娜的机灵之处，她看中了桑西没有决斗经验，罗德里格能轻易地击败他，这样施梅娜既实施了决斗，从而完成了这一家庭义务，又为自己心安理得地重新接受罗德里格的爱情创造了条件。施梅娜的内心活动是十分丰富的，性格形象也是完整立体的。剧中其他次要人物也是形象鲜明、真实可信的，施梅娜的父亲高迈斯性情急躁、骄傲自大，罗德里格的父亲年老体衰、以子为荣，公主深沉多情、晓明大义，国王则是一个贤明君主。

《熙德》在艺术上形成崇高的悲剧风格，作者善于运用戏剧冲突，一开始就把主要人物放在激烈的矛盾斗争中，紧紧抓住观众，始终给人以紧张之感，造成强烈的戏剧效果。作品笔力雄健，语言传神，尤其善于写滔滔不绝的长篇独白，和悲剧人物的性格保持一致。人物对白或长或短，无不中肯贴切、寓意深远。《熙德》的语言雄辩而优美，堪称语言艺术的精品和典范之作，“像《熙德》一样美”，这句当时法国观众对它的赞美话，后来变成一句口头语沿用至今。《熙德》被视为古典主义的奠基作品，但高乃依出于“唯有逼真的才是美的”艺术原则，并没有完全遵循古典主义的三一律（三一律要求一个剧本只能有一个情节线索，剧情发生在同一地点，时间不超过一昼夜），故事发生的地点一会儿在宫廷，一会儿在施梅娜的家中，故事延续的时间也超过了二十四小时。高乃依为此遭到了法兰西学院的严厉指责，但这丝毫没有减弱《熙德》的艺术光彩。

11.《威尼斯商人》

［英］莎士比亚

▲ 书海导航

《威尼斯商人》是莎士比亚喜剧中的杰作，它一方面歌颂了青年男女之间真诚无私的爱情和友谊，同时也谴责了资产阶级社会里资本家的贪婪、冷酷、自私和残忍、吝啬的本质，对前者进行了高度的评价和歌颂，对后者进行了无情的揭露和鞭挞。相比之下，高利贷者夏洛克的形象比安东尼奥等人塑造得更为鲜明，在他身上完全体现了资本家的冷酷、残忍和吝啬以及无知、外强中干的本质，他的行为在故作庄重之中又显得滑稽可笑；最后，他人财两空、一败涂地的下场正是作者对这一类人的无情嘲弄，同时也象征着人文主义在与封建残余势力斗争中的重大胜利。鲍西娅是作者早期作品中塑造得比较成功的女性形象，她聪明机智，美丽善良，敢于坚持正义，显得光彩照人。全剧富于浪漫主义和理想主义的色彩，情节结构颇有起伏，具有很强的艺术吸引力；剧中对话语言极富个性化的特征，作者善于通过人物的行为和语言来刻画人物性格，充满了喜剧气氛，让人在捧腹大笑中体会作品的主题思想。

◇ 作者档案

莎士比亚（见《仲夏夜之梦》）。

▲ 内容精要

威尼斯商人安东尼奥主要经营海外贸易，为了帮助朋友巴萨尼奥向美丽的鲍西娅求婚，向放高利贷的犹太人夏洛克借了3000元钱。由于夏洛克曾经遭受过安东尼奥的侮辱，他于是趁机想报复安东尼奥，就在借约时苛刻地写着：如果借款人到期不能还债，就要从他身上割下一磅肉来抵债。有了朋友的帮助，巴萨尼奥在向鲍西娅求婚时又遇到了一个考验：鲍西娅的父亲在遗嘱里要求求婚者必须在金、银、铅三个匣子里作出正确的选择才能娶到鲍西娅；聪明的巴萨尼奥终于通过了考验，使鲍西娅成为自己的未婚妻。但是，就在巴萨尼奥情场得意的时候，安东尼奥的商船却在海上遇了险；还债的日期临近了，安东尼奥无法如期还钱。报仇心切的夏洛克于是扬扬得意地将安东尼奥告上法庭，他不肯接受法庭的调解，一定要从安东尼奥身上割下一磅肉。在这危急的时候，得知消息的鲍西娅化装成律师来到威尼斯的法庭上，聪明巧妙地把契约做出了对安东尼奥有利的解释，使狼狈不堪的夏洛克的阴谋无法得逞，最终败诉。

▲ 欣赏与评析

在《威尼斯商人》紧张激烈的戏剧冲突中，作者善于通过行动和语言来刻画人物形象，塑造个性鲜明的典型人物形象。围绕一磅肉的诉讼，每个人都投入这一纠葛，都用自己的行动和语言参加斗争，从而表现出自己的个性。夏洛克的贪婪和残忍，鲍西娅的聪敏和机智，安东尼奥的狭义精神，都写得栩栩如生，给人留下深刻的印象。即使是次要人物，个性也很鲜明，如稳重慈祥的公爵、暴躁易怒的葛莱西安诺，也写得很生动。在这场戏中，夏洛克给人的印象最深。这个老财迷，生命的中心就是钱。他行动审慎，对人谦卑，然而在法庭上，他凶相毕露，杀气腾腾，谁劝说也不行，寸步不让，金钱也不能打动他。因为他心中有数，消灭了安东尼奥，他就能赚大钱了。他的残忍和固执是他唯利是图本质的一种表现。这种描写，揭露出资产者性格的最重要的特征。

鲍西娅、安东尼奥一组人物是作者极力歌颂的人物。他们情深意厚，纯洁无私，为朋友勇于自我牺牲。特别是鲍西娅，才智非凡，见义勇为，在一群贵族男子束手无策的情况下，略施小计，便巧妙地击败了夏洛克。这一组人物，与夏洛克形成对照，寄托了莎士比亚人文主义的理想，鞭挞了资产阶级拜金狂的残暴和贪婪，这正是作品主题所在。但作品中对商业资本家安东尼奥的美化，正反映出莎士比亚资产阶级立场和人文主义的阶级实质。

法庭审判一场，在激烈争辩中表现出作品语言的丰富多彩和生动形象，符合每个人物的身份和性格。夏洛克的语言十分丰富，他一张嘴对付几个人，语言很有论辩性，又讲究严密的推理，有时用反语加强语气，有时又用冷嘲热讽迫使对方无言以对。他词锋逼人，表现出老于世故，心肠歹毒，一旦上手，便置人于死地的那种扬扬自得的心理。比喻句的大量运用，增强了词语的华丽色彩和生动性。例如巴萨尼奥对夏洛克说："初次的冒犯，不应该引为仇恨。"夏洛克不正面回答，而只是说："什么！你愿意给毒蛇咬两次吗？"用这个比喻，显示出他对安东尼奥的仇恨和杀死安东尼奥的决心。安东尼奥用一连串的比喻说明他对夏洛克的认识，葛莱西安诺用一连串比喻表明了他对夏洛克的憎恶。剧中各种人物的丰富生动的语言，显示了莎士比亚驾驭语言的高超能力。

鲍西娅的一场戏，可谓是神来之笔。她持着久负盛名的培拉里奥博士的一封推荐信，获得了公爵的信任。鲍西娅走上法庭，在要不要"照约执行处罚"问题上，事情似乎完全按夏洛克的意向发展。夏洛克兴高采烈，得意忘形，百般奉承，誉之为"但尼尔"。众人陷入绝望，安东尼奥向朋友告别。就在这时，奇迹出现，剧情急转直下。鲍西娅的“照约执行”竟使夏洛克陷入绝境，恶人终于受到了惩罚。

在艺术技巧上，《威尼斯商人》也是很有特色的。浓厚的浪漫主义色彩，是本剧艺术上的一个重要特点。拿绘画作比方，《威尼斯商人》绝不是一幅精勾细勒、绘制严整的工笔画，而是一幅龙走蛇行、浓墨淡染的写意画。剧本里鲍西娅用三个匣子选夫，安东尼奥与夏洛克订约以“一磅肉”为担保，以及鲍西娅女扮男装担任律师等情节都是高度浪漫主义的，在现实生活里不大可能发生。另一方面，这些情节又不是作者个人凭空臆想的，它们都是从中世纪民间故事传说而来，群众一向熟悉，因而很容易被群众接受，它们反映了文艺复兴时期人文主义者在爱情与友谊等方面的理想，给人以鼓舞。特别是“一磅肉”契约，它表现了高利贷资本家与商业资本家之间你死我活的斗争这一事物本质，因此，尽管是极大的夸张，丝毫也没有使人感到它是反现实主义的。事实上作品里浓厚的浪漫主义精神和现实主义的批判因素是交织着的。南欧意大利小城镇贝尔蒙特这一“世外桃源”与高利贷资本压得透不过气来的威尼斯的现实世界对比鲜明。巴萨里奥的求婚、鲍西娅主仆二人的化装旅行、两对夫妇间的“指环插曲”，和夏洛克的奸诈险恶、冷酷算计、磨刀霍霍，都同样一边是浓郁的浪漫主义色彩，另一边是鲜血淋淋的残酷现实，二者之间泾渭分明。和浪漫主义色彩相关的，是这一剧本里突出的抒情气氛和场面。作为英国文艺复兴时代的一位杰出诗人，莎士比亚除了长于刻画人物和叙事外，他更是一位优异的抒情大师。这不仅表现在他所创作的具有浓厚个人特色，对欧洲诗歌影响很大的一百五十四首十四行诗里，而且也表现在他的一系列喜剧、悲剧与历史剧中。《威尼斯商人》第五幕，是著名的抒情场景。这一幕一开始就是罗兰佐用优美的抒情诗句向杰西卡倾诉衷肠：“好皎洁的月色！在这样一个黑夜里 \ 优美的和风轻吻着树枝 \ 了无声息；我想正是在这样一个黑夜里 \ 特洛伊罗斯攀登上特洛亚的城墙 \ 遥望着克瑞西达寄居的希腊人营帐 \ 从灵魂深处发出叹息。”紧接着，杰西卡和罗兰佐一连六段分别以希腊、罗马传说和他们二人间的爱情为题，描绘夜景，互诉心声。六段里每一段都以“正是在这样一个夜里”开始，反复咏唱，增加了抒情效果。

12.《奥 瑟 罗》

［英］莎士比亚

书海导航

作为莎士比亚“四大悲剧”之一的《奥瑟罗》，是一部脍炙人口的爱情悲剧。据著名莎学家爱·柯·钱伯斯爵士（1866—1954）判断，该剧创作于1604年。但直到1622年才出版了第一个四开本，第二年被收入对开本重印。它的故事来源于意大利作家钦提奥（1504—1573）的一则短篇小说，但莎士比亚却赋予它以新的艺术形式和新的思想内涵，使这个平凡的故事成为一部不朽的悲剧。这部戏剧对18世纪剧作家有过巨大的影响。

在奥瑟罗与苔丝狄蒙娜这两个主人公身上，莎士比亚倾注了他的人文主义生活理想。

奥瑟罗与苔丝狄蒙娜的爱情，完美地体现了人文主义的恋爱观，是建立在心心相印的思想基础上的幸福婚姻，也是人与人之间真诚相待的一个典范。

对莎士比亚所处的时代来说，《奥瑟罗》也是一部不折不扣的当时的现实题材作品，它的题材既不是取自古希腊、罗马的历史，也与中世纪无关，而是直接来自文艺复兴时期的意大利。

历代批评家一致认为，《奥瑟罗》是莎士比亚戏剧中结构最完美的一部作品。

◇ 作者档案

莎士比亚（见《仲夏夜之梦》）。

▲ 内容精要

这部悲剧的主人公奥瑟罗是威尼斯邦国雇佣的一个将军。该城元老布拉般丘很喜欢他，经常请他到家中做客，听他讲征战的故事。这些故事深深吸引了布拉般丘的独生女儿苔丝狄蒙娜。有一回，她对奥瑟罗说，如果他有个朋友来追求她的话，奥瑟罗只需教会他的朋友如何讲奥瑟罗的故事就行了。得到这个暗示后，奥瑟罗就向苔丝狄蒙娜求婚，于是二人就秘密结婚了。因布拉般丘不同意这门婚事，二人逃离了家庭。布拉般丘发现后，就去公爵那里告奥瑟罗的状。

恰在这时，传来土耳其进攻塞浦路斯的消息，奥瑟罗奉命出征。但因土耳其舰队在海上遭到强大风暴袭击而失散了，故塞浦路斯便无战事。奥瑟罗有个好友叫卡西欧，出征塞浦路斯前，奥瑟罗将他提升为副将。但这却遭到了旗官伊阿古的妒忌，又因奥瑟罗娶走了他单恋着的苔丝狄蒙娜，他便发誓毁掉卡西欧和奥瑟罗。

在一次军队庆功宴会上，伊阿古故意灌醉卡西欧，并唆使罗得里戈同他打斗，然后他跑去找来奥瑟罗。一怒之下，奥瑟罗撤了卡西欧的职。卡西欧被削了职，伊阿古装作很同情他的样子，让他求苔丝狄蒙娜向奥瑟罗说情。不知是计的卡西欧就听从了他的话，去求苔丝狄蒙娜。正当二人在谈话时，伊阿古又暗暗将奥瑟罗领来，向他暗示卡西欧与苔丝狄蒙娜有暧昧关系。奥瑟罗将信将疑。随后，伊阿古又设法叫妻子搞到了奥瑟罗结婚时送给苔丝狄蒙娜的手帕，并将他故意扔进卡西欧的房间。然后又跑去对奥瑟罗说：“你给你妻子的手帕现在卡西欧正用着呢！”气愤之极的奥瑟罗轻信了伊阿古的话，在一天夜里杀死了自己的妻子。然而这却被伊阿古妻子爱米丽娅发现，她责问奥瑟罗为何杀人？当奥瑟罗说了经过之后，爱米丽娅明白这是自己丈夫伊阿古的奸计，于是就向奥瑟罗说明了真实情况。此时，卡西欧也来了，他向众人谈起黛丝狄蒙娜那块手帕，说那是在他自己的房间拾到的，只因自己喜欢手帕上的杨梅花图样才把它留下了，他并不知道是谁的手帕。奥瑟罗这时明白了事情的全部真相，如梦初醒，他痛苦、懊悔。接着，他大骂伊阿古是条“毒辣的狗”，拔剑将他刺倒，然后自己也用短剑自杀了。

▲ 欣赏与评析

戏剧《奥瑟罗》充分表达了莎士比亚的人文主义生活理想。在他的笔下，奥瑟罗充满着那个时代的冒险精神，冲锋陷阵，英勇善战，同时又有着豪爽、正直、热情、坦率的品质。正是他的冒险经历和英雄气概，深深地打动了苔丝狄蒙娜的芳心，使这位威尼斯元老的女儿敢于冲破封建等级观念和种族歧视观念，大胆违抗父亲的意愿而与他秘密结婚。

正如奥瑟罗在威尼斯公爵面前为自己的爱情申辩时所说：“她为了我所经历的种种磨难而爱我，我为了她对我所抱的同情而爱她：这就是我的唯一的妖术。”而苔丝狄蒙娜也这样坦诚地表白：

我不顾一切跟命运对抗的行动可以代我向世人宣告，我因为爱这位摩尔人，所以愿意和他过共同的生活；我的心灵完全为他的高贵的德性所征服；我先认识他那颗心，然后认识他那奇伟的仪表；我已经把我的灵魂和命运一起呈献给他了。

奥瑟罗和苔丝狄蒙娜相互欣赏，相互理解，心心相印。二人的恋爱、婚姻是自主选择和自由平等的。这种婚恋模式完美地体现了人文主义思想，他们是自由幸福的一对，他们爱情的美好令人羡慕不已。然而，在冷峻严酷的现实生活中，这一纯洁的爱情和真诚的关系却遭到了无情的毁灭。伊阿古是文艺复兴时期一个马基雅弗里式的个人野心家，一个极端利己主义者的典型。用伊阿古自己的话来说，他唯一追求的就是“发展自己的势力”，要“捞足了油水”，一切“只是为了自己的利益”，这就是他的人生哲学。他对奥瑟罗与苔丝狄蒙娜的陷害，主要有两个动机：一是出于对奥瑟罗的种族歧视，以致用“魔鬼”、“老黑羊”、“黑马”、“走江湖的蛮子”等恶毒的语言，发泄他的蔑视和仇恨。二是由于奥瑟罗提拔了卡西欧为自己的副将，使他的野心未能得逞，因而对奥瑟罗和卡西欧怀恨在心，伺机报复。对于伊阿古来说，一旦未能达到自己的目的，就会肆无忌惮地践踏别人的幸福。

理解《奥瑟罗》的核心问题在于：尽管伊阿古是制造这场悲剧的罪魁祸首，但他毕竟是假手奥瑟罗来谋杀苔丝狄蒙娜的。那么，究竟是什么促使奥瑟罗偏信伊阿古的挑唆，怀疑苔丝狄蒙娜的忠诚，以致扼杀了她年轻而美丽的生命呢？奥瑟罗究竟是由于嫉妒而杀妻，还是由于轻信而杀妻呢？这是几百年来莎士比亚评论中一个争论不已的问题。

大多数批评家都认为，奥瑟罗杀死苔丝狄蒙娜的主要原因是出于强烈的嫉妒，因此有的批评家干脆把《奥瑟罗》称为“嫉妒的悲剧”。早在 17 世纪，英国新古典主义批评家托马斯·莱默尔（1641—1713）就把《奥瑟罗》称为“一部血腥的悲剧”，并认为主人公“嫉妒到发疯的程度……每一件事都宣告着他是嫉妒的。”20 世纪美国著名莎学家艾·埃·斯托尔指出，如果奥瑟罗在上当之前是个天性并不嫉妒的人，那么他就不会轻信伊阿古的胡说八道，从而对自己最信任、最心爱的人产生猜疑。

也有一些批评家认为，奥瑟罗的致命弱点是轻信，而不是嫉妒。

其实，在奥瑟罗身上，轻信与嫉妒并非是相互排斥的一对矛盾，而是互为因果、密不可分的。正因为奥瑟罗性格中存在着嫉妒的因素，因此才容易对伊阿古的挑唆加以轻信。而越是轻信伊阿古的鬼话，奥瑟罗就越是对苔丝狄蒙娜怀有强烈的嫉妒。从这个意义上说，伊阿古之所以能把奥瑟罗这样的人引入歧途，固然与其巨大的作恶本领和巧妙的伪装有关，对奥瑟罗的性格弱点也起了至关重要的作用。正是由于他的鲁莽、轻信、多疑、嫉妒，才导致他对自己与苔丝狄蒙娜的纯真爱情丧失了信任，于是由疑心而引起了妒心，又由妒心而引起了杀心。因此，从奥瑟罗的性格入手来探讨这部悲剧的根源，仍然是评论《奥瑟罗》的一个核心问题。

《奥瑟罗》是莎士比亚戏剧中结构安排最完美的作品。如果说第一幕表现了奥瑟罗与苔丝狄蒙娜为爱情所作的斗争的话，那么，从第二幕开始，全剧就紧紧围绕着伊阿古如何破坏男女主人公的爱情而展开，自始至终保持着高度紧张的气氛，一步步把剧情推向高潮。在创作方法上，它既没有描写鬼魂、女巫等超自然因素，也没有表现疯狂、梦游和幻觉等异常的精神状态，而是完全采取了写实的手法。

13.《李 尔 王》

［英］莎士比亚

▲ 书海导航

《李尔王》是莎士比亚的四大悲剧之一，写于1605—1606年。

有关李尔王和他女儿的故事，最早的记载见于12世纪蒙茅斯的杰弗里（1100—1154）的《不列颠王国史》。到了16世纪，这个故事又被写进历史学家和诗人的作品中，诸如无名氏的《统治者的一面镜子》、霍林舍德（1580）的《英格兰与苏格兰编年史》和斯宾塞（1552—1599）的《仙后》。尤其是1605年出版的一部名为《李尔王和他的三个女儿的真实编年史》的剧本（作者不详），很可能给了莎士比亚以直接的创作灵感。不过，这个古老的传说经过莎士比亚的改造，不仅改变了以往的喜剧性结局，增加了葛罗斯特父子的情节，而且以其强烈的激情和深刻的哲理震撼了一代又一代观众。

《李尔王》为读者展示了一个动乱社会中的真假善恶，表现了真诚、仁爱的生活准则与冷酷无情的利己主义的冲突。通过李尔王的改造过程，批判了封建权威观念，肯定了人的真正价值与尊严。

在莎士比亚的“四大悲剧”中，《李尔王》历来是以强烈的感情和深刻的哲理而著称于世的。尤其是第三幕中暴风雨的场景，不仅是全剧重要的转折点，也是剧中最富于气势的部分。

莎士比亚在戏剧中制造的大自然的暴风雨，更是他以巨大的艺术魄力所展示的李尔王内心的暴风雨。仿佛只有凭借如此猛烈的狂风暴雨和雷鸣闪电，才足以扫荡人世间的不平，才足以宣泄李尔王胸中的悲愤之情。

◇ 作者档案

莎士比亚（见《仲夏夜之梦》）。

▲ 内容精要

不列颠国王李尔有三个女儿，这就是奥本尼公爵的妻子高纳里尔、康华尔公爵的妻子里根和尚未出嫁的小女儿考狄利娅。由于年老体弱，李尔王决定把国家让给年轻人去治理，于是便把三个女儿叫到跟前，要听听她们是如何爱他的，以便按照她们爱他的程度来分配国土。高纳里尔和里根都用花言巧语骗取了李尔王的信任，唯独考狄利娅真心实意地说，她将按照女儿的本分去爱父王，而把另一半的爱留给自己未来的丈夫。恼怒的李尔王把国土平分给了高纳里尔和里根，而考狄利娅则被剥夺了继承权。前来求婚的法兰西国王看重考狄利娅的为人，于是一无所有的她便远嫁到了法国。

退位后的李尔王按原先的约定到高纳里尔和里根家里轮流居住，但是他很快就遭到了嫌弃，两个女儿先是削减他的侍从，又用恶言恶语伤害他，终于把他逼疯。在一个暴风雨之夜，被逼疯的李尔王冲出女儿的居所，奔向了苍茫的荒野。大自然的无情使李尔王愈加感到人间的不平，他对着苍天大声呼喊，祈求苍天惩罚那两个无情无义的女儿。不久，考狄利娅从法国带兵前来讨伐不义之兵，父女团聚，尽释前嫌。最后，军事上的失利使李尔王和考狄利娅双双被俘，考狄利娅被处死，李尔王抱着她的遗体也悲痛地死去。

与此平行的另一情节是李尔王的大臣葛罗斯特伯爵听信了他的私生子爱德蒙的谗言，放逐长子爱德伽。后来由于葛罗斯特伯爵同情李尔王的遭遇，被里根和她的丈夫挖去双眼。他在野外流浪时，遇到了早已沦为乞丐的爱德伽，受到他的照顾。奸诈的爱德蒙继承伯爵爵位后，同时与高纳里尔、里根勾搭，两个坏女人又争风吃醋，互相残杀。最后，爱德伽在决斗中杀死了卑鄙的爱德蒙。由于高纳里尔的丈夫奥本尼公爵始终没有参与迫害李尔王，后来继承了不列颠的王位。

▲ 欣赏与评析

莎士比亚《李尔王》以强烈的感情和深刻的哲理著称于世。在李尔王一家、大臣葛罗斯特伯爵一家，善良、仁爱、孝顺与利己主义在激烈地冲突。李尔王失去了王位却恢复了人性。李尔王经过心灵的洗礼获得新生，李尔王的遭遇强烈地批判善听谄媚之词，不辨是非的封建权威和极端利己的市侩主义者。由于长期以来处于国王的至尊地位，李尔王变得刚愎自用和专横暴虐，习惯于别人的奉承。当他准备把国土分给女儿的时候，他抱着一种幻想，自以为他即使不当国王，仍然会作为一个老人而受到尊敬和爱戴。但事实并非如此，当他作为一国之君的权势远远大于他的实际价值的时候，他实际上所要求的是别人对他意志的绝对顺从。正是这一封建权威观念导致李尔王不辨真假善恶，在冷酷无情的现实生活中受到了惩罚。地位的一落千丈，女儿的忘恩负义，把李尔王逼得发了疯，只好跑到荒野上与野兽为伍。是整个悲剧最富于气势的部分，也是全剧的中心和转折点。面对荒野上的暴雨雷电，李尔王诅咒两个女儿的忘恩负义，也呵斥大自然的助纣为虐：

“尽管轰着吧！尽管吐你的火舌，尽管喷你的雨水吧！雨、风、雷、电，都不是我的女儿，我不责怪你们的无情……所以，随你们的高兴，降下你们可怕的威力来吧，我站在这儿，只是你们的奴隶，一个可怜的、衰弱的、无力的、遭人贱视的老头子。可是我仍然要骂你们是卑劣的帮凶，因为你们滥用上天的威力，帮着两个万恶的女儿来跟我这个白发的老翁作对。”

对于李尔王来说，这场铺天盖地的暴风雨不啻是一剂医治重病的猛药。这使他重新开始认识自己、认识世界，也使他重新辨别了生活中的真假善恶。不仅如此，饱受风雨袭击之苦的李尔王平生第一次想到了贫苦百姓的命运。他这样呼喊道：

“衣不蔽体的不幸的人们，无论你们在什么地方，都得忍受着这样无情的暴风雨的袭击，你们的头上没有片瓦遮身，你们的腹中饥肠雷动，你们的衣服千疮百孔，怎么抵挡得了这样的气候呢？啊，我一向太没有想到这种事情了。安享荣华的人们啊，睁开你们的眼睛来，到外面来体味一下穷人所忍受的苦，分一些你们享用不了的福泽给他们，让上天知道你们不是全无心肝的人吧！”

从这个意义上说，荒野上的暴风雨仿佛是替李尔王举行的一场洗礼，是他的新生所必须经历的一场痛苦。在这里，大自然的暴风雨与李尔王内心的暴风雨彼此呼应，以震撼人心的力量揭示了这位封建君主的痛苦的改造过程。

因此，李尔王的改造过程是这样的：他失去了王位，但却恢复了人性；他被逼得发了疯，但却换回了对真假善恶的认识；他付出了生命的代价，但却最终懂得了人世间最可宝贵的是真挚的爱与同情。正如俄国批评家杜勃罗留波夫在《黑暗的王国》一文中所指出的：“开头我们会对这毫无约束的专制暴君觉得痛恨；可是，随着戏剧的发展，我们却越来越会把他当作一个人而加以谅解，而到了最后，我们就已经不是对他，而是为了他，为了整个世界——对那种甚至能够把李尔王这样的人也引到无法无天的野蛮而无人性的环境，充满着不满和炽烈的憎恶了。”的确，正是通过李尔王和他女儿的故事，莎士比亚再次伸张了人文主义者的生活理想，鞭挞了冷酷无情的利己主义。

14.《麦克白》

［英］莎士比亚

▲ 书海导航

《麦克白》是莎士比亚“四大悲剧”中的最后一部，也是莎士比亚戏剧中篇幅最短的剧本之一。

它的主要情节来自于拉斐尔·霍林舍德（？—1580）的《英格兰与苏格兰编年史》，但莎士比亚却对这段历史作了很大改动，因为他毕竟不是写历史剧，而是创作一部悲剧。此外，剧本第二幕第二场中的敲门声，可能取自中世纪的一出神秘剧。而剧中女巫的情节，则无疑是参考了当时英国国王詹姆斯一世（1603—1625 年在位）所著的《魔鬼学》一书。

虽然《麦克白》第一次出版于 1623 年的第一对开本，但有种种迹象表明莎士比亚是在 1606 年创作这部悲剧的。这一年夏天，丹麦国王克罗斯虔四世访问了英国，詹姆斯一世在汉姆敦宫为招待他而安排了一次演出。《麦克白》就是在这次宫廷演出中首次被搬上舞台的，时间是 1606 年 8 月 7 日。这在托马斯·米德尔顿（1570—1627）的《清教徒》（1606）和弗兰西斯·鲍蒙特（1584—1616）的《火杵的骑士》（1607）中均有记载。而《麦克白》之所以如此简短，恐怕也与这次特殊演出的时间限制有关，莎士比亚不得不使剧本更为紧凑，更为精彩。

不少学者指出，在莎士比亚创作的这一悲剧中，不乏恭维和取悦剧团保护人詹姆斯一世的因素。詹姆斯一世出生于 1566 年，原系苏格兰的詹姆斯六世，1603 年继承英格兰王位后，改称为詹姆斯一世。为了标榜自己的神圣家族，詹姆斯一世把他的家族徽号追溯到班柯，一个想象中的 11 世纪苏格兰贵族。当时有一个苏格兰历史学家还写了这一古老的传说，以便给斯图亚特王朝提供一个高贵的祖先。对于莎士比亚来说，他的《麦克白》是为了宫廷演出而创作的，自然也就不能免俗，便在剧中通过女巫之口，预言班柯的子孙将成为伟大的国王。

◇ 作者档案

莎士比亚（见《仲夏夜之梦》）。

▲ 内容精要

苏格兰大将麦克白和班柯，平定叛乱得胜而归。途中遇到三个女巫，他们预言麦克白将成为考特爵士及未来的君王，预言班柯的子孙后代将成为苏格兰的国王。二人十分纳闷，正在这时，消息传来，国王因麦克白平叛有功，加封他为考特爵士。联想到女巫的预言，麦克白遂起弑君篡位野心。

回到城堡后，他将女巫的预言和一部分已经应验之事告诉了他的妻子。他的夫人更是野心勃勃，立即怂恿他杀死国王。不久，国王邓肯带着两个儿子马尔康和道纳本来看望麦克白。麦克白夫妻商议这是一次好机会，当天夜里，等国王熟睡之后，麦克白杀死国王，并嫁祸于王子。马尔康和道纳本见势不妙，怕遭麦克白毒害，赶快逃出苏格兰。两人一位到了爱尔兰，一位到了苏格兰。这样王位便无人继承。麦克白就以国王近亲之名登上了王位。麦克白又想到了女巫的预言，怕班柯的预言也会出现，便借一次邀班柯赴宴的机会杀死了班柯，班柯的儿子弗里恩斯在混战中逃跑。

阴谋篡权的麦克白仍然深感不安，担心统治难以长久，便再次找到女巫询问。女巫放出的幽灵告诫他要留心贵族麦克德夫，也宽慰他："没有一个妇人所生下的人可以伤害麦克白"，"麦克白永远不会被人打败，除非有一天勃南的树林冲着他向邓西嫩高山移动"。麦克白从此更加肆无忌惮地铲除异己，麦克德夫闻讯后逃往英格兰去投奔马尔康王子。

麦克白便立即派人攻打麦克德夫的城堡，将他全家统统杀光。不久，麦克白妻子因受到众人仇恨，良心得不到安宁，得了梦游症，竟然自己把自己活活钉死了。这时，又传来了麦克德夫和王子马尔康联合率领苏格兰大军杀来的消息。麦克白一意孤行，为了保住王位准备决一死战。在与麦克德夫短兵相接的当口，他忽然得知麦克德夫并不是从女人胎里正常生下来的，而是未足月时从她母亲的腹中取出来的！麦克白又想到了女巫的预言；没有一个从女人胎里生出来的人能伤害他！顿时勇气骤减，丧命在麦克德夫的剑下。麦克白死后，众人拥立王子马尔康登上了王位。

▲ 欣赏与评析

《麦克白》一剧中对女巫的描写，和巫人预言的描写与当时的英国国王也与当时詹姆斯一世热衷于迷信有关。詹姆斯一世在 1589 年与丹麦的安公主结婚。可是在此之前，他派往丹麦迎亲的船只曾一次又一次遇到海上风暴，被赶回挪威的港口。迷信的詹姆斯一世确信这是女巫在作祟，曾经下令在苏格兰搜捕有巫术的女人，把她们投进监狱并亲自审讯。当时的学者里吉纳德·斯考特（1538—1599）撰写了《巫术的揭穿》（1584）一书，批驳了这一愚蠢的迷信。而詹姆斯一世则针对斯考特的著作，出版了他的《魔鬼学》（1597），不仅为自己的迷信大加辩护，而且愤怒地责备道："他们居然不知羞耻地公开印行他们的文章，拒绝承认巫术这类能够存在的东西。"莎士比亚在《麦克白》中多次描写女巫，与这件事直接有关。

然而，描写女巫并不意味着莎士比亚本人痴迷于这一荒唐的迷信，更不意味着《麦克白》是一部古希腊式的命运悲剧，主人公的篡权及其毁灭，仿佛是受了女巫的捉弄。事实上，《麦克白》并不是什么命运悲剧，而是一部典型的莎士比亚的性格悲剧。剧本虽然描写了女巫、鬼魂等超自然因素，也描写了梦游、幻觉等异常的精神状态，但这些因素始终是与人物性格紧密联系在一起的。正如莎评家安·塞·布拉德雷（1851—1935）在其《莎士比亚悲剧》中所指出的，麦克白不是在女巫预言的诱惑下才采取行动的，他通过谋杀去实现女巫的预言，完全是麦克白自己的欲望。对麦克白来说，女巫的话之所以如此致命，仅仅是因为潜伏在他心中的野心立刻与它发生了共鸣而已。

的确，麦克白曾经是一个功勋卓著的英雄。然而，一旦野心占了上风，走上犯罪道路之后，他就从此失去了内心的宁静。莎士比亚的悲剧集中揭示了麦克白内心善恶的搏斗，刻画了他良心的自我谴责和精神折磨。他不仅夺取了别人的性命，也让自己不得善终。从此，他内心的恐怖远胜于实际的恐怖，以致眼前不断出现狂乱的可怕幻象。但是，他既然已经两足深陷于血泊之中，就只能继续涉血前行，以新的血腥手段去巩固业已取得的罪恶成果。因此，麦克白的结局不在于被外部力量所打败，而在于野心所导致的犯罪行为使他陷于愈来愈深的绝望和痛苦之中，只能以死亡来解脱精神的自我折磨。正是通过麦克白的悲剧，莎士比亚深刻揭示了个人野心的反人性的实质。

从这个意义上说，虽然《麦克白》一剧的创作与1606年詹姆斯一世统治下的英国社会有着千丝万缕的联系，但它的主题又具有超越时代的深远意义。正像他的其他悲剧和历史剧一样，《麦克白》也鲜明地抒发了莎士比亚的人文主义生活理想，鞭挞了个人主义的野心和利己主义的罪恶。